Barbar Conan:
İkinci Bölüm

Erika Sanders

Seri
Barbar Conan Cilt 5 - 8

özet

Conan'ın hayatındaki kadınlarla daha önce hiç anlatılmadığı şekilde tanışın...

Yeni maceraların ve yeni zaferlerin ardından Conan ve grubu, artık evlerinin olduğu şehir olan Tarantia'ya geri döner.

Geri dönmek maceraları kaçırmanıza neden olur mu? Yoksa beklenenden daha mı iyi olacak?

Bu yayın 5 ila 8. ciltleri içermektedir:

5 - Yasimina

6 - Zula

7 - Kassandra

8 - Adriana

Robert E. Howard'ın eserlerine dayanan yeni dizi.

(Tüm karakterler 18 yaş ve üzeridir)

Yazar hakkında not:

Erika Sanders, yirmiden fazla dile çevrilmiş, her zamanki düzyazısından uzak, en erotik yazılarına kızlık soyadıyla imza atan, uluslararası tanınmış bir yazardır.

Dizin:

BARBAR CONAN
İKİNCİ BÖLÜM
ERIKA SANDERS

BÖLÜM V
YASIMİNA

Mağaza orta derecede büyüktü ama yine de mahalledeki diğer birçok binanın hakimiyetindeydi.

Yakındaki tapınakların kuleleri ve kubbeleri yakındaki çatıların üzerinde yükseliyordu ve bu mahalleye kendine özgü karakterini veriyordu.

En azından ibadetlerin başlamadığı veya bitmediği zamanlarda sokaklar bile nispeten sessizdi.

O halde bu bina, şehirdeki pek çok binadan daha iyi olmasına rağmen, burada neredeyse sıradan görünüyordu; pürüzsüz taş duvarları ve dekoratif tabelası, sokaktaki pek çok binadan daha etkileyici değildi.

Conan ve Yasimina çöle yapacakları bir sonraki akından önce malzeme stoklamak için buradaydılar.

En azından birkaç ay boyunca tekrar dışarı çıkma planları olmadığından çok acil bir durum yoktu, ancak malzemelerin ne zaman işe yarayacağını asla bilemezdiniz, burada şehirde bile.

Mahalleye verilen mağaza elbette dini ürünler konusunda uzmanlaşmıştı.

Bu öncelikle Yasimina Hanım'ın uzmanlık alanıydı ama yine de partiden bir üyenin daha orada bulunması faydalı oldu.

Hatta daha önce bu ziyarette mağazanın önünden geçmiş olmasına rağmen içeriye hiç girmemişti.

Görünüşe göre Yasimina müdavimdi, bu yüzden kadının konuşmasına izin vermesi açıkça mantıklıydı.

Mağazanın içi sokakta olduğundan biraz daha az göze çarpıyordu.

Duvarlar çeşitli kutsal sembollerle süslenmişti ve uzun tezgâhta çeşitli eşyalar bulunuyordu, bu da mekânın diğer her şey gibi bir antika dükkanına benzemesini sağlıyordu.

Dua çarkları, tütsülikler, süslü kavanozlar ve Conan'ın işlevini ancak tahmin edebileceği birkaç eşya vardı.

Belli ki çok çeşitli dini törenlere katılmadığını düşünüyordu.

En azından duvardaki sembollerin çoğunu tanıyabiliyordu...

Tezgahın arkasındaki adam orta yaşlıydı ve lacivert bir elbise giymişti.

Yasimina'yı eski bir dostu gibi selamladıktan sonra arka kapıdan odanın müşterilerinin olduğunu söyledi; görünüşe göre arkada çalışan bir katip vardı.

"Bugün sizin için ne yapabilirim hanımefendi?" Kadına dönerek sordu.

"Biraz kutsal su arıyordum" diye yanıtladı, "son yolculukta tüm stokumuzu tükettik ve biraz daha ihtiyacımız olacak. Ve tabii ki şifalı iksirlerinizden biraz."

"Gerçekten..." dedi dükkan sahibi, ancak tezgahtar geldiğinde Conan'ın dikkati konuşmanın bir sonraki kısmına dağıldı.

O değil de kendisiydi.

Genç bir kadındı, belki de dükkan sahibinin kızıydı, muhtemelen on altı ya da on yedi yaşından büyük değildi.

Siyah saçları basit bir gümüş tokayla at kuyruğu şeklinde toplanmıştı ve canlı yeşil gözleri iki müşteri arasında geziniyordu; Conan daha uzun süre oyalandığını hissetti ama belki de bunun nedeni yeni bir ziyaretçi olmasıydı.

Teni tüccarınkinden daha yumuşak ve solgundu, büyük kırmızı dudakları ve çok şehvetli bir ağzı vardı.

Savaşçının gözleri, hiç utanmadan ve mağazanın yaratması gereken dini atmosferi göz ardı ederek genç kadının vücudunda gezinerek onun figürünü değerlendirdi.

Yakası boynunun hemen altında kesilmiş, kolları bileklere kadar uzanan koyu yeşil bir elbise giyiyordu; Tezgah eteklerini saklıyordu ama o onların uzun ve açık olmayacağını düşünüyordu.

Ancak buna rağmen elbise vücudunun şeklini gizleyemedi.

Beli dardı, üzerine kalp tanrıçası sembollü bir kuşak bağlıydı ve kolları da bir o kadar inceydi.

Ancak kıyafetin asıl başarısız olduğu nokta göğüslerinin şeklini gizlemekti.

Uzun ve sağlamdılar, belinin genişliğine göre büyüktüler; yalnızca daha bol, daha bol giysiler bu gerçeği gizleyebilirdi.

Genel olarak Conan, onun kendisini dinle harcadığını düşünüyordu ve onu biraz daha açıklayıcı bir şeyle görmeyi tercih ederdi.

Dikkatini tekrar mevcut konuya çevirdi.

Dükkan sahibi bir dizi şişe hazırlıyordu ve o ve Yasimina çeşitli seçeneklerin fiyatlarını tartışıyorlardı.

Bildiği kadarıyla hanımefendi, en sevdiği tanrı, şeref ve dövüş erdemi tanrısı Ymir'in rahipleri tarafından tapınakta kutsanmış kutsal suyu elde etmekte hiç zorluk çekmeyecekti.

Ancak bazen çeşitli alternatifler faydalı olabiliyordu ve her zaman dinin diğer unsurlarıyla birlikte şifa iksirlerinin de göz önünde bulundurulması gerekiyordu.

Sonuçta birden fazla tanrı vardı ve mümkün olduğunca herkesi memnun etmenin akıllıca olacağını düşünüyordu.

Ancak şifa iksirleri kesinlikle ilgi çekici olsa da, yalnızca iki tanrının kendisinden dua veya adak aldığını iddia edebileceğini kabul etmek zorundaydı... savaşta Crom vardı ve muhtemelen yalnızca aşk tanrıçası Muriela vardı. Bu onu gerçekten huzur içinde tatmin ederdi.

Aniden aklına bir fikir geldi ve esnafın meşgul olduğunu görünce asistanına döndü.

"Acaba elinizde küçük kutsal semboller var mı?" diye sordu, "bir çeşit kolye ucu olabilir, özellikle büyük olanlardan biri değil. Sadece dekoratif bir şey mi?"

"Elbette" diye yanıtladı, "çok çeşitli dini mücevherlerimiz var."

"Tanrıça Muriela için bir taneye ne dersin?"

O, tanrılar panteonunun çok saygı duyulan bir üyesiydi; Sonuçta, bazen mesafelerini korusalar bile diğer tapınaklar ona kibar davranıyordu.

Aşk dünyanın önemli ve olumlu bir parçasıydı, evrendeki temel bir güçtü; diğer tanrıların inkar etmeyeceği ve inkar edemeyeceği bir şeydi.

Her ne kadar bunun fiziksel sonuçları konusunda biraz ihtiyatlı davrananların çoğunlukla daha dini tapınaklardan bazılarının rahipleri olduğundan şüpheleniyordum, hatta romantizm ve evlilik gibi övülen kavramlar bile.

Küçük kızın gözleri hafifçe büyüdü ama ağzı bir gülümsemeyle hafifçe büküldü.

En azından onu kırmamıştı.

"Evet, alıyoruz" dedi, "İstersen depodan bir şeyler alabilirim."

Arkasını döndü, sonra sanki bir şey düşünüyormuş gibi durdu ve sonra arkasına döndü.

"Aslında benimle gelsen daha kolay olabilir, bir şeyler seçebilirsin."

Yanaklarında hafif bir kızarıklık fark etti ve bunun ne anlama geldiğini merak etti.

Belki o tanrının anısından biraz utanmıştı... ya da belki daha fazlasıydı.

"Neden?" Yasimina Hanım'a bakarak söyledi.

Belli ki konuşmanın bir kısmına kulak misafiri olmuştu ve önündeki şişe dizisine dönmeden önce başını salladı.

Bunu yaparken yüzünde keyifli, hoşgörülü bir gülümseme gördüğünü düşünmeyi tercih etti.

Neden olduğundan emin olamıyordu, çünkü bırakın bu tür bir mağazayı, mağazada bile bulunmaları muhtemel olan kısa sürede pek bir şey olmayacaktı.

Asistan ona mağazanın arkasını gösterirken, "Bu arada ben Jehnna," dedi, "ve o sen misin?"

"Conan. Ben bir savaşçıyım."

"Bu seni neden daha önce görmediğimi açıklıyor. Gladyatör mahallesinde daha çok vakit geçiriyorsun sanırım?"

"Evet, sanırım öyle" diye itiraf etti. Aslında daha dün oradaydı, silah arkadaşlarını ve onların eğitim tesislerini ziyaret etmişti. "Peki bu bir aile işi mi?"

"Hayır, Dellos sadece babamın arkadaşı ama neredeyse iki yıldır burada çalışıyorum. Hala ailemle yaşıyorum ama onlar şu anda uzaktalar, bu yüzden ev bana ait."

Buna ne diyeceğini bilemeyerek başını salladı.

Hemen arkasından yürürken kalçalarının hoş kıvrımını fark etti.

Beklediği gibi eteği uzundu, etek kısmı ayak bileklerinin hemen üzerindeydi ve yumuşak deri çizmeleri tenini bile gizliyordu.

Yine de vücudunun şekli çekiciydi ve düşüncelerini satın almaya zorla geri döndürmek zorunda kaldı.

Jehnna atölyenin arkasındaki güçlendirilmiş kapıya ulaştı ve kapıyı açarak ardında dar bir depolama alanını ortaya çıkardı.

Oda, binanın geri kalanı gibi taştan yapılmıştı ve bir tarafı tavana kadar uzanan ahşap raflarla çevrelenmişti.

Raflar kutular ve çeşitli eşyalarla istiflenmişti ve raflarla arka duvar arasında çok az boşluk kalacak kadar çıkıntılıydı.

"Bir düşüneyim..." dedi, "Sanırım en üst raflardan birindeler."

Raflar boyunca raylar halinde hareket eden bir merdivene tırmandı ve basamaklardan birinin üzerinde bir bacağını kaldırdı.

Bunu yaparken eteği yükseldi ve görünüşe göre dikkati dağılmış olan o, hareketini serbest bırakmak için eteğini daha da bağladı.

Yükseltilmiş dizinin üzerinden geriye doğru kayarak çizmelerinin baldır uzunluğunda olduğunu ama aynı zamanda dizinin ve uyluğunun alt kısmındaki çıplak deriyi de ortaya çıkardı.

Vücudunun geri kalanı gibi bacakları da ince ve biçimliydi; derisi solgundu, artık uyluğunun iç kısmında görebildiği küçük bir ben dışında.

Conan yutkundu ama bu sefer gözlerini başka tarafa çevirmedi.

"Hoşuna giden bir şey gördün mü?" Diye sordu ve henüz ona herhangi bir mücevher göstermediği için şaka yaptığından neredeyse emindi.

"Belki," dedi kayıtsız bir tavırla.

Belki Jehnna ebeveynlerinin düşündüğü kadar dindar olmasaydı... bu ilginç olabilirdi.

"Muriela hakkında pek bir şey bilmiyorum" dedi, hâlâ kutuları karıştırırken, "ibadetlerinizde ne yapıyorsunuz?"

Düşündüğü gibi olmadığını söyleme isteğine direndi.

"Aslında diğer tanrılardan çok da farklı değil" dedi, "tanrıçanın cömertliğine şükrediyoruz, güzel eşyalar için fedakarlıklar yapıyoruz. Arınmak için gül suyu veriyorlar falan."

Bazen ayinlerin ardından yapılan sosyal toplantılar elbette farklı olabilir, diye düşündü sessizce, gözleri hala bacaklarının ve vücudunun şeklini alıyordu.

"Herkes için aşka inanıyorsun, değil mi? Bu bir maceracı için biraz tuhaf... Yoksa Yasimina Hanım'la birlikte değil misin?"

"Tanrıça sevginin evreni bir arada tutan bağ olduğunu öğretiyor, evet. Yasimina Hanım da benim meslektaşım ama tapınan biri değil. Hanımefendi olmakla pek iyi gitmiyor sanırım. Hanımlar İyiliğin gücü ve topluluklarına karşı sevgileri var ama bunu Muriela'nın takipçilerinden farklı yönlere kanalize ediyorlar."

Diğer sorusuna cevap vermedi; Gerçek şu ki bu onun kimliğinin bir parçasıydı, macera dolu kariyeriyle çelişmiyordu ama bu açıdan da ona pek bir faydası olmadı.

Tanrıçanın rahipliğine katılmak için gereken pasifist eğilimlere sahip değildi.

"Peki bunlar hangi adresler?" diye sordu, yüksek raflardan birinden bir kutu alıp yere doğru yürürken, eteği yine ayak bileklerine düşüyordu.

Conan yanıtını nasıl çerçeveleyeceğini düşünerek hemen yanıt vermedi.

Onunla flört mü ediyordu yoksa sorular gerçekten masum muydu?

Eğer, muhtemel göründüğü gibi, gerçekten birincisi olsaydı, cevabını ne kadar güçlü verebilirdi?

Neyse ki tanrıçanın birçok yönü vardı.

"Biz her şeyden önce romantik aşka inanıyoruz. Para ya da sosyal ilerleme için değil, aşk için olduğu sürece evliliği destekliyoruz elbette. Ancak insanlar arasındaki sevgiyi kısıtlamaya çalışmıyoruz ve bunun birçok yolu olabilir. sorunuzu yanıtlayarak bunu başarabilirsiniz".

Kutuyu açtı ve içinden tamamı tanrıça sembolüyle süslenmiş bir dizi küçük kolye, muska ve bilezik çıktı.

Birçoğunun kadınlara yönelik olduğu ve mücevher olarak giyildiği açıkça görülüyordu, ancak çok geçmeden ince bir zincire bağlı küçük bir gümüş parçası seçti.

Onu tutarken, yanlış bir fikre kapılması ihtimaline karşı son bir yorum ekledi.

"Karşılıklı rıza elbette yaptığımız her şeyin merkezinde yer alır. Bu olmazsa aşk olmaz."

Kutuyu alt raflardan birinde boş bir yere yerleştirdi.

"Elbette" dedi hafif bir gülümsemeyle.

Onun yanından geçip kapıya doğru ilerledi.

Dar alanda kalçaları adamın vücuduna sürtündü ve sonra durup ona baktı.

Göğüsleri onun göğsüne baskı yapıyordu; Bu kadar sıkışık bir depoda bile, onun bunu kesinlikle gerekenden fazlasını yaptığından şüpheleniyordu.

Bu hareket kesinlikle tesadüfi değildi.

"Bana daha fazlasını anlatmalısın" dedi, yüzü onun yakut rengi dudaklarından birkaç santim uzaktaydı ve bir öpücüğü davet ediyordu. "Ama şimdi değil; arkadaşın bekliyor. Belki bu gece evime gelebilirsin."

Ona adresini verdi ve Conan gelmeyi kabul etti.

Bu şaşırtıcı ve çok hoş bir gelişmeydi...

* * *

Kapıyı çaldığında hâlâ mağazadaki kıyafetlerin aynısını giyiyordu.

Bu sefer gözlerini onun vücudundan ayırmamış gibi davranmadı.

Onun güzel olduğuna hiç şüphe yoktu ve evin içindeki lambanın ışığında bile kızardığını, yanaklarının kızıl olduğunu görebiliyordu.

Neredeyse gergin görünüyordu ve daha önce benzer bir şey yapıp yapmadığını merak etti.

Belki hayır; Anne ve babasının uzakta olduğunu söylemişti, bu yüzden belki de nadiren böyle bir fırsat buluyordu.

Çalıştığı yerde bunun sık sık gündeme gelmesi pek mümkün değildi ve çok genç bir kadındı.

Muhtemelen bakire değildi, sonunda olduğu kadar cesur değildi ama bu tür konularda pek tecrübeli de değildi.

Sonuçta hâlâ iffetli giyiniyordu.

"İçeri gelin," diye fısıldadı, kimsenin onları göremeyeceğinden emin olmak için etrafına bakınırken.

Adam hızla içeri girdi ve kadın kapıyı arkasından kapatarak ona yaslandı, gözleri artık kendi vücudunda geziniyordu.

"Muriela özgür aşka inanıyor, değil mi?"

Conan gülümsedi.

"Sanırım sen de bunun farkındasın. Birçok kişi uzlaşmayı tercih ediyor ama şu ana kadar bu benim yöntemim değildi. Yani Jehnna..." dedi göğüslerinin yükselişini ve düşüşünü izlediğini gizlemeden. elbisenin altında "Teolojinin hangi belirli yönlerini tartışmak istersiniz?"

"Duyduğuma göre bazı dini eylemlerin oldukça fiziksel," dedi sesi kısılarak. "Panteonu daha fazla deneyimlemek için sanırım bazılarını gerçekten denemeliyim. Kalbin tanrıçası İştar benim için çok önemli ama tüm tanrılar birbiriyle akraba ve zaman zaman diğerlerine tapınmak gerekiyor. , Sizce de öyle değil mi?"

"Doğru" diye itiraf etti, "ve sonuçta Muriela İştar'ın kızı. Fiziksel bağlılık eylemlerine gelince, bunlar başlı başına dinsel hizmetlerin bir parçası değil. Ama bunlar hâlâ bir ibadet eylemi ve şimdi bunu hissediyorum. bu gece ibadet havasındayım, peki ya siz?

Ona doğru ilerledi ve o da doğrudan onun kollarına girdi.

"Evet, ibadet iyidir," diye içini çekti, "yoğun, fiziksel ibadet."

Ona sarıldı ve kırmızı dudaklarını öptü, dilinin kendisininkinin üzerinden kaydığını hissetti.

Dudakları büyük, dolgun ve şehvetliydi, pek fazla pratiği yok gibi görünse de öpücüğü tutkuluydu.

Kesinlikle bakire olmadığına karar verdi ama muhtemelen nispeten deneyimsizdi.

Ancak gece bittiğinde artık durumun böyle olmayacağına ikna olmuştu.

Ağır bir nefes alarak ağzından çekildi.

Göğüsleri göğsüne bastırılmıştı ve kolları zaten ince beline dolanmışken, kendisi de kollarını boynuna dolamıştı.

Neredeyse nefes nefeseydi, yeşil gözleri beklentiyle iri iri açılmıştı.

"Yatak odası üst katta," diye başardı, kelimeler birbirinin üstüne düşerken.

Başını salladı, sonra onu dizlerinin altından kaldırmak için uzandı ve merdivenlere doğru ilerleyip en üst kata doğru giderken onu göğsüne bastırdı.

Sahanlığa vardıklarında tekrar öpüştüler, adam onu hâlâ kollarında taşıyordu.

Kapılardan birine doğru başını salladı ve adam kapıyı dirseğiyle iterek açtı.

"Bir dakika" dedi aniden, "Sanırım İştar dışarıda beklemeli."

Ne demek istediğini anlamadan kaşlarını çattı ama kadın, tanrısının kutsal sembolünü taşıyan kemerinin tokasını açmak için uzanarak sorusunu yanıtladı.

Onu serbest bırakmasına yardım etti ve sonra kollarını meşgul ederek elinden geldiğince dikkatli bir şekilde kapının yanındaki küçük bir masaya bıraktı.

"Umarım dinlemekten çekinmez," dedi, Jehnna'nın tekrar kızarmasına neden oldu ve sonra Jehnna kıkırdadı.

Odaya girdi, kapıyı ayağıyla kapattı ve sonunda kapının yere düşmesine izin verdi.

Hemen gömleğini yakalayıp pantolonunun içinden çıkardı ve karnını okşamak için elini altına kaydırdı.

Eli yavaşça içeri girerken, göğsündeki tüyleri hissederek onu başka bir kalıcı öpücük için öne çekti.

Kucaklaştılar; Jehnna'nın kolu artık onun sırtına dolanmış, Jehnna onun dar belini tutuyor, kalçalarını kendisine doğru itiyor ve büyüyen ereksiyonunu vücuduna doğru bastırıyordu.

Hafifçe geri çekildi, sonra iki elini kullanarak gömleğini kaldırdı ve hızla bornozunun düğmelerini çözdü.

Giysileri halının üzerine yığın halinde atarak ona yardım etti.

Gülümsedi, gözleri onun çıplak gövdesi üzerinde gezindi ve sonra küçük ellerini yeniden onun üzerinde gezdirerek onun şeklini ve sertliğini hissetti.

Maceracı olmanın bir avantajı varsa, o da vücudunu diğer savaşçıların çoğundan daha iyi bir fiziksel durumda tutmasıydı, diye düşündü.

Jehnna yine de yatağa doğru hareket etmedi ve bir öpücük daha almak için vücudunu onunkine bastırdı.

Hala tamamen giyinikti; kumaş tenine karşı yumuşak ve kadifemsiydi.

O elbise artık neredeyse tüm vücudunu onun görüş alanından saklayan bir engeldi.

Hala belini tutarak boynunu öptü ve kulağını ısırdı.

Ellerini kadının sırtının küçük kısmından yukarı kaldırdı ve elbiseyi arkada bir arada tutan bağları buldu.

Birkaç tane vardı, sıkı bağcıkları vardı ama o bu tür şeylere alışıktı; onları birer birer çözüyordu, yeşil elbisenin altında parmaklarıyla külotunun hafif pamuğunu hissediyordu.

Öpücüklerini çenesine, ardından tekrar o tatlı kırmızı dudaklara doğru hareket ettirdi ve son bağları ayırdığı anda kendini kaybetti.

Değerli kumaştan yapılmış gibi görünen elbiseyi mahvetmek istemedi, bu yüzden tekrar ondan uzaklaştı ve hâlâ tamamen giyinikken onu son bir bakış için kol mesafesinde tuttu.

Saçları artık biraz dağınıktı, at kuyruğunu sabit tutan tokaya rağmen birkaç tel gözlerinin önüne düşüyordu.

Ağır nefes alıyordu, ağzı açıktı, gözleri onunkilere sabitlenmişti, sanki bundan sonra ne yapacağından emin değilmiş gibi ama yine de bunu yapmaya istekliydi.

Yavaşça omuzlarına yaklaştı, elbiseyi onlara doğru çekti, kollarını dar kollardan kurtarmasına izin verdi, sonra da kalçalarına yaslanacak şekilde yanlarından aşağı kaydırdı.

Altına, dizlerinin biraz altında biten ve göğüs dekoltesini fazla belli etmeyen basit beyaz bir slip giymişti.

Kolları kısaydı, omuzlarını biraz geçiyordu ve parmağını bir kolunda gezdirerek kadının çıplak tenini kendi kolunda hissetti.

Boynuna, göğüslerinin üst kıvrımına yaslanmış gümüş bir kolye takıyordu.

Bunun İştar'ın sembolünün basitleştirilmiş bir versiyonu olduğunu fark etti ve kemer meselesinden sonra ona bundan bahsetmemeye karar verdi.

Kalp tanrıçasının çocukları vardı.

Kullandığı yönteme gücenemezdi.

Ellerini bir kez daha beline doğru kaydırırken kollarını göğsüne yasladı.

Ayağa kalktı, iç çamaşırının pamuğu avuçlarına değiyordu ve kadının vücudunun sıcaklığı onun üzerinden açıkça görülüyordu.

Göğüslerine uzanıp onları kumaşın içinden avuçladı.

Dokunuşuyla meme uçlarının sertleştiğini hissedebiliyordu ve başını kaldırıp baktığında onun bir kez daha kızardığını gördü.

Adam onu bir kez daha kendine çekti ve tutkuyla kucaklaştılar, yüzünü öptü ve bir elini saçlarının arasında (bunu yaptıkça at kuyruğu daha da sertleşiyordu), diğer elini sırtında gezdirdi.

Şimdi yeniden göğsüne bastırılan göğüsleri dışında çok küçük bir vücudu vardı.

Genç, ince ve çekici bir kadın.

Elbiseyi kalçalarından kaydırarak doğal bir şekilde yere düşmesine izin verdi.

Elbisenin üzerinden geçtiler ve sonunda yatağa doğru ilerlediler.

Conan daha önce ayakkabılarını çıkarıp onu yatağa bırakmıştı.

Tekrar ayrılıyoruz ama bu sefer kendisi yatıyordu, kendisi ise ayaktaydı. Conan onun yarı çıplak vücuduna baktı, gözleri önce karnına, sonra da pantolonunun altındaki şişkinliğe kaydı.

Astar uzun elbiseden daha kısaydı ama dizlerine kadar uzanan çizmeleri yüzünden sadece dizleri açıktaydı.

"Bakalım tanrıça ne sunmuş," dedi, eşofmanının kenarını kalçalarının üzerine kaldırarak.

Altında uyluğun ortasına kadar uzanan geniş, seksi olmayan ve oldukça mütevazı pamuklu çekmeceler vardı.

Mağazada olanları hatırladığında, altına giydiği kıyafet miktarından dolayı eteğinin yakalandığı belliydi.

O kadar çok iç çamaşırı vardı ki onları orada giymek onun için rahat olurdu.

Adam başını ona doğru salladı ve o da kollarını kaldırarak onun at kuyruğunu başının üzerinden çekmesine izin verdi ve elbiseyi elbisesinin yanına atmadan önce bir saniyeliğine at kuyruğunu tuttu.

Artık sadece çekmeceleri ve botları giymişti ve itiraf etmeliydi ki, ona bir süre bu şekilde bakmaya değerdi.

Genç vücudu, onu okşarken hissettiği gibi çok gergin ve inceydi, kaburgaları göğsünün yanlarında açıkça görülebiliyordu.

Cildi solgun ve pembeydi, belli ki güneşi nadiren görmüştü ve dokunuşu serin ve yumuşaktı.

Belinin inceliği, yukarı doğru bakan, çok dik ve yuvarlak, sıkı, genç göğüslerini vurguluyordu.

Meme uçları soluk pembe renkteydi ve hevesle dışarı fırlamıştı.

Ellerini her iki göğsün üzerinde gezdirdi, serinliklerini hissetti ve sonra sağ meme ucunu iki parmağının arasında sıktı.

Kolye şimdi göğüs dekoltesinin üzerine düştü ve adam ona onun varlığını hatırlatacak hiçbir şey yapmadı.

Eğilip bir göğsün pürüzsüz üst kısmını öptü, sonra diğerini.

Adam onun tatlı meme uçlarını yalamak için harekete geçti ama o bunu yapamadan kadın eğilip göğüs kemiğinin tabanını öptü.

Orada hareketsiz durdu, göğüslerinin karnını okşamasının tadını çıkardı ama kadın külotunun bağını çözerek aşağı doğru hareket etmeye başladı.

Neredeyse aceleyle onları indirdi, böylece aleti serbest kaldı.

Bir an orada durdular, bundan sonra ne yapacağını merak etti.

"Sanırım bu tanrıçanın bana hediyesi?" diye sordu, sesi yumuşak ve biraz alaycıydı.

Ona baktı ve sessizce başını salladı.

"O halde ona sunakta ibadet etmeliyim," diye yanıtladı Jehnna.

Her iki kalçasına da nazik bir şekilde elini koyarak onu bunu yapmaya teşvik etti ve yüzü yataktan uzaklaşıncaya kadar onu kendi etrafında çevirdi.

Pantolonunu ayak bileklerinden çıkardı ve onun önünde çıplak sırt üstü yatarak itaat etti.

Birkaç sakinleştirici nefes alırken gözleri onun ereksiyonuna odaklanmıştı.

Sonra yatağın önünde diz çöktü, başını öne doğru eğdi ve penisinin tabanına şefkatli bir öpücük kondurdu.

Başını kaldırıp ona baktı, bu açıdan sadece yüzünü, dar elmacık kemiklerini, koyu renk saçlarını, iri yeşil gözlerini ve şehvetli kırmızı dudaklarını görebiliyordu.

O anda onun geri kalanını görememesi onun için zerre kadar önemli değildi.

Dudaklarını ayırdı ve dilini adamın aleti boyunca gezdirdi, toplarının tadına baktı ve sonra aletinin başına doğru ilerledi.

Derin bir iç çekti ve dirseklerinin üzerinde doğrularak onun yüzüne baktı.

Emin değilmiş gibi görünüyordu ama bundan sonra ne yapacağı konusunda herhangi bir tavsiyeye ihtiyacı yokmuş gibi görünüyordu.

Aletini öptü, bir elini toplarını avuçlamak için kaldırdı ve yumuşak parmaklarıyla onlara masaj yaptı.

Sonra sünnet derisini geri çekerek parlak kafasını ortaya çıkardı ve ıslak dudaklarıyla öptü.

Daha da öne eğilen Jehnna ağzını açtı ve aletini yavaş yavaş içine indirdi.

Dudaklarından bir inilti kaçtı ve başını kaldırıp ona baktı, eliyle taşaklarını gıdıkladı.

Ereksiyonunu içeri ve dışarı kaydırdı, dilini penisinin şaftı üzerinde gezdirdi ve parmaklarıyla onu kızdırmaya devam ederken onu yağladı.

İlk başta yavaştı ama hızlanmaya başladı, ara sıra durup onu serbest bıraktı ve sonra tekrar itti.

Saçlarının at kuyruğu sırtına doğru sallanıyordu, kuyruğunun gevşek telleri karnına ve kalçalarına düşüyordu.

Boştaki eli karnının sertliğini hissederek böğrünü okşamak için uzandı.

Yeşil gözleri onunkilere kilitlenmişti, ifadesi belirsiz ve biraz gergindi, sanki doğru yapıp yapmadığından emin değilmiş gibi.

Ancak savaşçının kafasında böyle bir şüphe yoktu.

Dudakları ve ağzı tatlı ve yumuşaktı ve onu delirtiyordu; Conan onun diliyle ve ağzıyla bu okşamaya daha fazla dayanamayacağını biliyordu ve onun ağzının içine boşalmasını isteyip istemediğini merak etti.

Bu duygu, daha önce hiç böyle bir şey yapmadığına dair güçlü şüphenin yanı sıra sarhoş ediciydi.

Kendi nefesi artık sert ve hızlıydı, çünkü kendini çok çabuk doruğa ulaşmamaya çalışıyordu.

Yoksa sütünün tadına mı bakmak istiyordu?

Emin olamıyordu.

Son bir yudum aldı, aletini elinden geldiğince ağzına doğru itti, sonra serbest bıraktı; tükürüğü artık tüm uzunluğu boyunca parlıyordu.

Parmağını yaladı ve ona gülümsedi, dişleri bembeyazdı.

Ayağa kalktı ve bakışları önce göğüslerine, ardından da hala kendisinden gizlenmiş olan uzun külota kaydı.

Belli ki o da aynı şeyi düşünmüştü, çünkü tek bir hareketle onları aşağı çekip yanındaki yatağa düştü.

Koyu renk çalıları seyrekti, neredeyse tüysüzdü ve bacaklarının arasında birkaç damla nem görebiliyordu.

Görünüşe göre onun aletini emmek onu derinden tahrik etmişti.

Böylesi daha iyi, diye düşündü, elini çenesine götürüp onu bir kez daha öperken, dilleri iç içe geçmişti, aletinin tadı hala ağzındaydı.

Gençliğin verdiği sıkılığın tadını çıkararak göğüslerini sıktı.

Bu sefer, onun kendisini orada öpmesine izin verdi, diliyle sol meme ucunu emdi, diliyle masaj yaptı ve sonra ağzını açarak göğsünün mümkün olduğu kadar büyük bir kısmını ona bastırdı.

Adam diğer göğsüne doğru ilerlerken onun altında inledi ve kıvrandı.

Göğüslerini serbest bıraktı ve dini kolyenin yanına küçük bir öpücük koyarak onu yanıt vermeye cesaretlendirdi.

Sanki aniden fark etmiş gibi nefesi kesildi ama sonra sadece başını ellerinin arasına aldı ve onu tutkuyla öptü.

Conan, Jehnna'nın kafasını penisine doğru yönlendirirken, "Umarım tanrıça bunu görmekten hoşlanır, çocuk yapmanın yolu bu olmasa da" dedi.

Jehnna, adamın aletini tekrar ağzına çekip elini tekrar onun toplarının arasında gezdirdiğinde, eğlence ve şehvet arasında ona baktı.

Artık onun ağzına girmesini istediğinden emindi.

Jehnna'nın durmadan verdiği yeni oral seksin onu her an çaresizce boşalmasına neden olacağını hissetti.

Ağzının emilmesi giderek daha hızlı ve aralıksız hale geldi ve adamın taşaklarını okşamak onun için giderek daha eğlenceli hale geldi.

Ve onu emerken gözlerinin içine bakmaya devam etti, bu da onu daha da tahrik etti.

Cum'un horozunun şaftından yukarıya doğru yükselmeye ve Jehnna'nın ağzına doğru yükselmeye başladığını hissetti.

Eli taşaklarındayken de bunu hissetmiş olmalı çünkü onlara dokunmayı bıraktı ve sütünü almaya odaklandı, artık iki eliyle aletini tuttu ve ağzını genişçe açmak ve meninin içine akmasını sağlamak için emmeyi bıraktı.

Kendini tamamen diline, ağzına ve yüzünün bir kısmına boşalttığını hissetti.

Sütün bir kısmı dudaklarına ve güzel göğüslerine düşerken meni yutmasını izlemek için arkasına yaslandı.

Yaramaz ve şehvetli bir gülümsemeyle dudaklarını yalıyordu ve bu onu yeniden tahrik etmeye başlamıştı.

Penisinin yeniden nasıl sertleştiğini fark etti.

Böylece elini bacaklarının arasına kaydırdı ve ikinci oral seksten sonra onu eskisinden daha da ıslattığını fark etti.

Amı neredeyse meyve sularıyla ıslanmıştı ve dokunuşu sıcak, davetkar ve yumuşaktı.

O hazırdı, son bağlılık eylemine hazırlanıyordu.

Yataktan kalktı, onun sırtüstü yuvarlanmasını izledi, bakışları biraz sorgulayıcıydı.

Baldırlarının çoğunu kaplayan yumuşak kahverengi deriden yapılmış çizmelerini hâlâ giydiğini fark etti.

Önemi yoktu.

Bacaklarını ayırıp yatağın kenarına doğru kaydırdı.

Aşağı uzandı ve parmağını onun amının üzerinde gezdirdi, yumuşak dudaklarını ayırdı ve içerideki pembe ıslaklığı gördü.

Vücudu titriyordu, nefesi kesildi ve adam onun kalçalarını yakalayıp kalçasını kaldırdı.

Bacakları adamın göğsünün üzerindeydi, botları omuzlarındaydı ve amı önünde açılmıştı.

Ani bir hareketle içeri girdi ve kadının zevkle çığlık atmasına neden oldu.

Tekrar tekrar itti ve kadının uyluklarını sıkıca vücuduna yasladı.

İnledi ve nefesi kesildi, onun hamlelerine tepki olarak kalçaları hareket ediyordu, göğüsleri onun çabalarının gücüyle ileri geri sallanıyordu.

Jehnna'nın çığlıkları odayı doldururken inlemeye başlayarak daha sert bir şekilde iterek devam etti.

Gözleri tamamen açıktı, onunkine odaklanmıştı, hareket ettikçe göğsü inip kalkıyordu, kolye artık tutkusunun terine kapılmış halde yan tarafta duruyordu.

Son bir hamleyle amına çarptı ve sıcak tohumu içine dökülürken adını haykırdı.

Vajina kasılırken tüm vücudu sarsıldı, orgazm dalgaları onun üzerinde yükseldi.

Muriela'nın insanlığa en büyük hediyesi.

BÖLÜM VI
ZULA

Valeria eski parşömenleri masanın üzerine koyarken, "Şehre yönelik büyük bir tehdide işaret ediyorlar" dedi.

Elfin isteği üzerine villanın yemek odasında buluşmuşlardı.

Conan, onlara söylemesi gereken önemli bir şey olduğunu hemen fark etti; yakın zamanda bazı eski belgelerde bulduğu bir şey.

Ancak onun için başka bir keşif gezisine çıkmak için henüz çok erken görünüyordu.

Sonuncudan yeni dönmüşlerdi.

Bazı maceracılar tüm hayatlarını antik kalıntıları keşfederek geçirdiler ama bu, bir hayat yaşamanın yolu değildi.

Harcayacak ve tadını çıkaracak vaktiniz yoksa, bu kadar çok para ve hazine kazanmanın ne anlamı vardı?

Elbette kendini tamamen kötülükle savaşmaya adamış, savaşta asla dinlenmeyen bazı insanlar vardı ve bu takdire şayandı ama o kutsal bir savaşçı değildi.

Ancak Valeria'nın onları geçerli bir sebep olmaksızın çağırmayacağından emindi ve onun söyleyeceklerini dinlemeye hazırdı.

Elf büyücüsü zekiydi, sadık bir arkadaştı ve pervasızca maceralara atılan biri değildi.

Eğer bir şeyin önemli olduğunu düşünüyorsa muhtemelen öyleydi.

Ve şehre yönelik bir tehdidin kesinlikle büyük bir mesele olacağını kabul etmek zorundaydı.

Ve Valeria, zeki olmasının yanı sıra gerçekten de çok güzeldi ve eğer başka biri olsaydı, uzun zaman önce onunla yatmak için mümkün olan her şeyi yapardı.

Ancak uymanın akıllıca olduğunu düşündüğü söylenmemiş kurallar vardı.

Grubun başka bir üyesiyle asla yatmamıştı ve bunu da asla düşünmemişti.

Tehlikeli meslekleri göz önüne alındığında bu, çok fazla komplikasyon ve hatta risk yaratacaktır.

Dünyada çok daha fazla kadın vardı ve o, grubu neredeyse kendi ailesi gibi görmeye başlamıştı.

"Bunlar yüzlerce yıl öncesindeki bir grup maceracının kayıtları," diye açıklıyor Valeria, "ama ne yazık ki eksikler. Bazı haritalar var ama üzerlerinde gösterilen yerlerin tam olarak nerede olabileceğine dair bir gösterge yok. yeraltında oldukları gerçeğinin ötesinde, bu şehrin altında bir yerlerde."

Conan başını salladı.

"Şu anki şehir çok daha eski bir şehrin yıkıntıları üzerine inşa edilmiş, bu doğru. Ama ondan geriye pek bir şey kalmadı ve yer üstünde de hiçbir şey yok. Ancak Tarantia'nın ne kadar süredir burada olduğu göz önüne alındığında, onun altındaki her şey yok oldu." uzun zaman önce tamamen araştırıldı."

"Belki de öyledir," diye yanıtladı Valeria, "ama ya daha sonraki bir tarihte bir şeyler değişirse? Antik kalıntılar bu haliyle mühürlenmiş olmalı. Onlar hakkında fazla bir şey bilmiyoruz. Elbette bu kesin değil. Hedefe giden yolda muhtemelen çok fazla yolculuk var, ancak bu aşağıda hiçbir şey olmadığı anlamına gelmiyor. Ve tabii ki, bu eski maceracılar bir şey buldular. Bunun ne olduğu pek açık değil, sadece öyle görünüyor canavarları kendine çekiyor ve tıpkı işaret ettiği gibi, ya da eğer yeterince güçlenirse, derinlerden yükselip şehri ele geçireceğine inanıyorlardı. Cehennem gibi bir şeyden söz ettiklerini sanıyordum, bu büyük ihtimalle, ama belgeler eksikti. bu sadece bir tahmin, varsayım."

Zula, "Ama o şehri ele geçirmedi, yoksa biz burada olmazdık. Sorun ne?"

"Hayır, yapmadı, çünkü onu gözaltına aldılar. Ama anladığım kadarıyla onu öldürmediler, sadece kaçmasını önlemek için onu bir yere, bir tür koğuşa mühürlediler. Bu da onların bakış açısına göre, fazlasıyla yeterliydi. "Ama büyüler sonsuza kadar sürmez ve partinin büyücüsü büyülerin birkaç yüzyıl sonra zayıflayacağını düşünüyor gibi görünüyor. Bu da bizi bugüne getiriyor."

Buna kesinlikle sevinen Yasimina koltuğunda öne doğru eğildi.

"Sizce tehdit şimdi mi, yoksa çok yakında mı yeniden aktif hale gelebilir?" Sonra bir an durakladı, hafifçe kaşlarını çattı, "Ama neden bunu açıkça açıklamıyorsun? Eğer bir iblisi şehrin altındaki bir mahzene kilitleseydim ve onun beş yüz yıl içinde bile kaçacağını bilseydim, oradan mutlaka ayrılırdım. gelecek nesiller için çok açık bir uyarıdır ve yeraltında bir yerde gizli bir tehlikenin olduğunu söylemez.

Valeria içini çekti: "Kabul ediyorum ve korkarım ki belgelerin eksikliği bir kez daha bunu neden yapmadıklarını söylemeyi zorlaştırıyor. Açıkça çok sayıda kayıp verdiler, görünüşe göre sadece ikisi hayatta kaldı Bu günlüğün yazarı da dahil. Ancak bunun dışında herhangi bir açık uyarı bırakılmadan şehirden atılmış olabilecekleri izlenimini edindim."

"Pekala," dedi Yasimina birdenbire ticari bir rol üstlenerek, "bu hikayeye inandığımızı varsayalım. Yapılması gereken bariz eylem, yetkilileri uyarmak olacaktır. Umarım, bu tehditle başa çıkmak için bizi işe alırlar ve biz de harekete geçeriz. sanki bunu tek başımıza yapıyormuşuz gibi. Ve görebildiğim kadarıyla bu işi tek başımıza halletmemiz için açık bir neden de yok. Bunun tipik bir keşif gezisi olabileceğini düşünmek zor. Ama eğer bizi görmezden gelirlerse, o zaman farklı düşünmek zorunda kalacağız, başka bir yaklaşım."

"Bunu yapamayız," dedi Valeria başını sallayarak, "bu şey, her ne idiyse, tüm şehrin insanlarını etkileme yeteneğine sahipti. Burada maceracıların bile büyük bir risk aldığını söyleyen pasajlar yazılmış. şehre vardıklarında, varlığın hizmetkarları onları bildiğinden ve harekete geçtiğinden, o dönemde bu hizmetkarların şehrin yönetimi içinde bile olduğu açıktır. Şimdi öyle olmayabilir, Bu sadece bu sefer olmuş olabilir veya geniş çapta yayılmış olabilir ve şehirde hala gizli sunucular mevcut olabilir. Ancak bundan emin olamayız, bu yüzden daha fazlasını öğrenene kadar bunu mümkün olduğunca gizli tutmalıyız diye düşünüyorum. ... Bence "Bu konuyu er ya da geç araştırmalıyız ve bunu ne kadar az kişi bilirse o kadar iyi."

Yasimina tekrar sandalyesine yaslandı, derin düşüncelere daldı.

Conan onun düşünmesine izin vermenin en iyisi olduğuna karar verdi.

En azından üstü kapalı olarak grubun lideriydi ve kararlarına saygı duyuyordu.

Sonunda şövalye konuştu.

"Dediğiniz gibi araştırabiliriz. Şehrin altındaki şeye nasıl gireceğimizi bularak başlayalım. Bunu, insanlar gerçek amacımızı öğrenmeden de yapabiliriz elbette. Nereden başlayacağımız konusunda herhangi bir önerisi olan var mı?"

İlk kez konuşan Snagg, "Mümkün" dedi, "Yapıyorum..."

* * *

Bilgi arama misyonunun ilk bölümünde Zula'ya ihtiyaç duyulmadığı ortaya çıktı.

Önünde boş bir öğleden sonra olduğundan ve daha önce şehrin mağaralarını ve kaplıcalarını düşünmüş olduğundan banyo yapmaya karar verdi.

Snagg ve diğerlerinin hareket tarzını planlamasına izin verdi, dinlenmek için biraz ara verecekti.

Odasına girdi ve mahremiyeti için mandalı kapattı.

Bunu yapar yapmaz kısa süre öncesine ait o gecenin anıları içini yeniden doldurdu.

O sırada Yakin villanın başka bir yerindeydi ve o geceden önce tek yapabildiği onu gözetlemekti.

Onunla fiziksel yakınlık kazanmanın gerçek bir şansı yokmuş gibi görünüyordu; Her birinin ırkı her zamanki gibi büyük bir engeldi ve o zamandan bu yana hiçbir şey değişmemişti.

Aslında ne yaptığını asla öğrenmeyeceğini umuyordu.

Birçok bakımdan bu bir ihanetti ve bunu kimseye, en azından kendisine açıklamaya bile başlayamazdı.

Ancak Yakin'in bakış açısından gerçekten hiçbir şey değişmemiş olsa da onun için durum farklıydı.

Keşke kendisi gibi bir goblin olsaydı neler olabileceğini daha önce birçok kez hayal etmişti.

Bunlar hoş fantezilerdi ama hepsi fantezilerdi ve sonsuza kadar da öyle kalacaklardı.

Bunu yapabilen bir büyü duymamıştı ve mümkün olsa bile Yakin'in neden bu dönüşüme gönüllü olacağını düşünmek zordu.

Muhtemelen insan olmayı seviyordu sonuçta.

Ama artık o geceden beri onun hakkında daha çok rüya görmeye başladı.

Gerçekten çok saçmaydı.

Yani onu çıplak mı görmüştü?

Düşüncelerinin şimdi arzuyla dolu olması gerçekten hayal ettiğinden o kadar farklı mıydı?

Ancak olan buydu.

Botlarını çıkarıp suyun sıcaklığını test etmek için ayağını banyonun ılık sularına daldırırken görmezden gelmeye çalıştığı kısmın, her zaman olduğu gibi beden uyumsuzluğu olduğunu düşündü.

Bunun dışında insanlar ve goblinler aynı görünüyordu.

Sonuçta onu bu yüzden istiyordu.

Ancak Yakin'in goblin gibi bir şeyi varsa, onun bakış açısından devasa bir boyu vardı.

Zaten bildiği gibi tamamen orantılı bir penisle.

Onun, tıpkı o gece banyodan önce durduğu, bağlarını çözdüğü ve sert aletinin serbestçe yüzüne sıçradığı gibi önünde durduğunu hayal edebiliyordu.

Görüntüyü aklından uzaklaştırarak başını salladı.

Bu ona yalnızca aralarındaki uçurumu hatırlatmaya yaradı ve bunun üzerinde durmanın hiçbir faydası olmayacaktı.

Bornozunu başının üzerine çekip yan sehpanın üzerine koyarken, banyoda bir ayna olmalı, diye düşündü.

Ama yoktu ve kendisini onun gördüğü gibi hayal etmesi gerekiyordu.

Ellerini yanlarından aşağı doğru kaydırdı.

Oldukça inceydi, düz bir karnı ve kadınsı kalçaları vardı.

O zaman ona pek çocukça gelmez miydi?

Göğüslerini avuçladı, şeklini hissetti.

Kesinlikle orada kız gibi bir şey yok ama çok gür bir göğüse sahip olduğunu söyleyemedi.

Tabii Yakin'in kadınlarda neyi tercih ettiği hakkında hiçbir fikri yoktu.

Eğer bir kız arkadaşı varsa onun bu konuda hiçbir bilgisi yoktu.

Bu dilek hem bencilce hem de sonuç olarak beyhude olsa da, onun buna sahip olmamasını umuyordum; onu başka biriyle hayal etmek istemiyordu.

Pembe meme ucunu çimdikledi ama sonra elini çekti.

Belki de bunun yeri ve zamanı değildi.

Kapıyı sürgülemişti ama diğerleri çok uzakta değildi, şüphesiz şehrin altındaki yer altı mezarları hakkında konuşuyorlardı.

Bir duş alıp bu işi halletmeli, belki de sonrasında yatağına çekilmeli.

Kalan kıyafetlerini profesyonelce çıkardı, dikkatlice yerleştirdi, bir havlu aldı ve banyonun kenarında durdu.

Elbette taş banyo büyüktü ve goblinler ya da cüceler için değil, insanlar için tasarlanmıştı.

Mermerle kaplıydı ve altında sıcak su kaynaklarına bağlanan borular vardı, bu da suyu sıcak tutuyordu, ama neyse ki hiçbir zaman çok yüksek sıcaklıklara ulaşmamıştı ve bundan kaçınmanın da bir çekiciliği vardı, diye düşündü.

Bir taraftaki çıkıntı, dibe zar zor uzanabildiği için burayı küçük bir havuz olarak kullanmak yerine üzerinde oturmasına olanak tanıyacaktı.

Su dalgalandı ve vücudunun çarpık bir yansımasına izin verdi.

Bir ayna kadar iyi değil, diye düşündü yeniden.

Her iki durumda da tek yaptığı, Yakin'in düşüncelerinin bir kez daha aklına gelmesiydi.

Kendine baktı.

Kalçalarının iyi olduğunu düşündü; çok şişman ya da çok ince değil, biçimliydi.

Karnı dardı ve koyu renk saçları kalçalarının soluk tenine doğru kıvrılıyordu.

O bir kadındı, yetişkin bir kadındı.

Ama onu çıplak görebilse bile onun hakkında böyle mi düşünürdü, yoksa oyuncak bebeğe benzeyen tuhaf bir figür olarak mı?

Suya girdi, çıkıntıya oturdu, tenindeki sıcaklığın ve nemin tadını çıkardı, bu hissin tadını çıkardı.

Başını taşın kenarına yasladı, su seviyesi omuzlarının hemen altında yükseliyordu.

Havludaki kokulu sabuna uzandı, üzerine su sıçrattı ve köpürtmeye başladı.

İlk başta, aynı havuzda yatarak, hatta aynı sabunu kullanarak Yakin'in düşüncelerini görmezden gelmeyi başardı, ancak göğüslerini sabunlamak için aşağı indiğinde, ellerinin onu okşamanın nasıl bir his vereceğini hayal ederek meme uçları istemsizce sertleşti.

Lanet olsun, bu onu hiçbir yere götürmüyordu.

Ayrıca düşüncelere teslim olabilir ve mümkün olan tek yolla gerginliğini azaltabilir.

Kendini özgürleştirmek istiyordu ama o bunu başarana kadar aklını bu dikkat dağınıklığından kurtaramazdı.

Lanet olsun Yakin, bir insan neden bu kadar yakışıklı olmak zorundaydı?

Sabunu tekrar havluya koydu ve ellerini bacaklarının arasına koydu.

İçini çekti, dudaklarından hafif bir nefes çıktı.

Bu iyi hissettirdi; İhtiyacı olan şey buydu.

Suyun altında parmağını amının içine kaydırdı ve klitorisine sürtmek için yukarı kaldırdı.

Gözlerini kapattı ve Yakin'in önünde bir goblin büyüklüğünde durduğunu hayal etti.

Eğer bir goblin olsaydım ve onunla banyoda olsaydım ne yapardım?

Tabii ki altta durmam gerekecekti.

Ve sonra evet onu öper ve göğüslerini ovuştururdu.

Boştaki elini hissetmek için hareket ettirdi ve meme ucunu iki parmağının arasına kaydırdı.

Sonra onu kalçalarından kalçalarına kadar kaldırıyor, bacakları o sıkı kalçalara dolanıyor ve içine giriyordu.

Düşünceleriyle birlikte parmağını daha da derine itti, yavaş adımlarla içeri ve dışarı kaydırdı.

Dudaklarını yaladı, ağzının tadını, göğsünün kendi göğsüne karşı nasıl bir his vereceğini hayal ederek, banyonun sıcaklığının vücudunun sıcaklığı olduğunu iddia etti.

Boş odaya bir göz atarak görüntüyü bozmamak için gözlerini kapalı tuttu ve amını keşfetmeye devam etti.

Yumuşak ve yavaş olurdu; her zamanki hali, düşünceli ve sakindi, her zaman coşkusunu artırıyordu.

Fantezilerinde bir elf olarak bunu ona yapabilirdi ama bir insan olarak asla.

Beklenmedik bir şekilde aklına bir görüntü geldi.

Yakin artık tam cüssesine ulaşmış, onu eğiyor, kalçalarına yaslıyor, arkadan alıyor, topukları dizlerine vuruyor.

Bu düşünce ani ve şok ediciydi ve bir an bunun zihninin hangi kısmından geldiğini merak etti.

Bir yanının onu bir insan gibi istediğini biliyordu, hatta onu şiddetle istiyordu, şehvete yenilip onu becermesini istiyordu.

Artık daha güçlü nefes almasıyla ikinci parmağını da onun amına soktu ve serbest eliyle meme ucunu bükerek hafif acının tadını çıkardı.

Evet, onu becermek istiyordu!

Onun elf büyüklüğünde bir adam olduğu imajını yeniden yakalamaya çalıştı ama onu daha önce hiç böyle bir durumda görmemiş olmasına rağmen, onun kocaman, dik penisinin düşüncesi onu bunalttı.

Bir an, ne kadar büyük olacağını merak etti.

Altı mı, yedi inç mi?

Peki tanrım, kalınlığa ne olacak?

Yanında bir şey getirmiş olmayı diliyordu... saplı bir şey, belki... onun hoşgörüsünü test edebileceği bir şey, herhangi bir şey.

Ama bunu yapmamıştı ve eğer yapsaydı bu, güzel, canlı bir horozun ona vurmasıyla aynı olmazdı.

Çığlık atmamaya çalışarak dudağını ısırdı, diğerleri sadece bir iki oda uzaktaydı.

Vücudu taşa doğru kavisli bir şekilde çıkıntının üzerinde hafifçe kayıyor, kalçaları onun itici parmaklarına karşı refleks olarak hareket ediyordu.

Artık Yakin'in insan mı yoksa goblin mi olduğu umurunda değildi, sadece onun aletini içinde istiyordu.

Bir an banyodan çıkmayı, dinlenecek daha kuru, daha az kaygan bir yüzey bulmayı düşündü ama artık bunun bir seçenek olamayacak kadar uzaktaydı.

Su omuzlarına sıçradı ve dudağını daha sert ısırdı.

Klitorisi alevler içindeydi...her an...şu anda...

Beyaz bir sıcaklık üzerini kaplarken istemsiz küçük bir inilti çıkararak sarsıldı.

Bunu yaparken, rafta zaten dengesiz bir konumda olan kalçası serbestçe kaydı ve bacakları altına çökerken onu suyun altına çekti.

Bir dakika sonra sol eliyle çıkıntıyı tutarak başını yüzeye doğru itti.

Bir süre nefes nefese, gözleri orgazm sonrası bir ışıltıyla iri iri açılmış halde öyle kaldı.

Sonunda ıslak saçlarını yüzünden çekti, geriye doğru taradı ve suyu tekrar üzerine sıçrattı.

Zula saf mutlulukla uzun bir iç çekti.

Bu iyi olmuştu.
Çok iyi ...

BÖLÜM VII
CASSANDRA

Cassandra, güneş gökyüzüne doğru batmaya başladığında uyandı ve turuncu gün batımı ışığını çatı katındaki dairenin dar penceresinden yansıtıyordu.

Günün büyük bir kısmını uyuyarak geçirmişti ki bu alışılmadık bir durum değildi.

Geceyi gündüzden daha çok tercih ediyordu, çünkü güneş ışığı güçlü olduğunda yapılabilecek şeyler çok görünür oluyordu ve bundan hoşlanmıyordu.

Üstelik geceleri insanlardan, hatta elflerden daha iyi görebiliyordu, bu da onun görülmeden görmesine olanak sağlıyordu.

Özellikle iş anlaşmaları için seçtiği hassas hareketler göz önüne alındığında bu mantıklıydı ama aynı zamanda gecenin daha da güzel olduğunu düşünüyordu.

Kurak ortamının bir avantajı olarak, Tarantia'nın gökyüzü genellikle açıktı ve yıldızların ve ayların kadifemsi karanlığın ortasında parlak bir şekilde parlamasına izin veriyordu.

Ve karanlık gün ışığından çok daha güzeldi.

Nesnelerin gölgelerde küçülmesi onları bir şekilde güneş ışığının gerçekliklerini ortaya çıkardığı zamana göre daha temiz, daha saf kılıyordu.

Onun şeytani mirası da elbette konuyla alakalı olabilirdi.

İnce çarşafları yerine iterek yataktan kalktı ve hızla giyindi.

Çok çeşitli kıyafetleri yoktu, sadece bazılarının her zaman temiz olmasını sağlayacak kadar yedek parça vardı ve zevkleri yeterince basit ve pratikti.

Belki bir gün işi onu iyi giyimli bir üst sınıf partisine götürürse pahalı bir elbise almak zorunda kalabilirdi ama bu fikir ona çekici gelmemişti.

Bu yüzden üzerine sıkı deri kayışlar ve yırtık pırtık bir kolsuz pamuklu gömlek giydi.

Kıyafetler onun figürünü sergiliyor, sandığından daha biçimli ve çekici görünmesini sağlıyordu.

Kendi düşüncelerinde asıl önemli olan, cehennemden kaynaklanan deformasyonlardı.

Dizlerine kadar uzanan botlarını giydikten sonra aynada kendine bakmak için durdu ve boynuzlarını elinden geldiğince gizlemek için uykudan bulanmış saçlarını gevşetti.

Bunları gizlediğinde, solgun, oval yüzü ve hafif kumral rengi omuz hizasında kahverengi saçlarıyla her zamanki gibi insan görünüyordu.

Ancak gözleri onu ele veriyordu çünkü pek de doğal olmayan koyu kırmızımsı tonları, ona yaklaşan herkes tarafından açıkça görülebiliyordu.

Bunun çok sık olmasına izin vermemeye çalıştı.

Görünüşünden memnun olarak kemerini düzeltti ve açıkça görülmekten en iyi koruyan siyah kapüşonlu pelerini giydi ve her ihtimale karşı her zaman bıraktığı zehirli ok tuzağını anahtar deliğine yerleştirerek odadan çıktı.

Sahanlıkta yalnızca diğer katlara sokak seviyesine çıkan dar bir merdiven vardı.

Şehrin fakir bir bölgesiydi çünkü daha sağlıklı bir yerde yaşaması zordu.

Belki bir gün kazandığı para ona daha iyi bir yer sağlayabilirdi ama bunun çok özel olması gerekiyordu ve Leydi Gedren'in bir insan bedeninde bir kara elf tüccarı olarak yaşamak için ihtiyaç duyduğu sağduyuyu asla karşılayamayacağını biliyordu. şehir.

Yarı iblislerin durumu genellikle böyleydi.

Binadan çıktığında güneş ufukta batmaya başlamış, sokaklarda gölgeler belirmeye başlamıştı.

Gedren'in ondan hırsızlık yapmasını istediği maceracılar hakkında öğrenebildiği her şeyi öğrenmişti.

Tercihi bu olsa bile, onlarla doğrudan yüzleşmenin mantıklı bir teklif olmadığını bilecek kadar.

Maceracılar en ölümcül rakipler arasında olduğundan bu şaşırtıcı değildi.

İlk birkaç keşif gezisinden sağ çıktıklarını varsayarsak, tek başına bu bile çoğu insanın hayatı boyunca karşılaşacağından daha fazla dehşetle karşılaşmış ve hikâyeyi anlatacak kadar yaşamış demektir.

Elde etmeyi başarabilecekleri faydalı büyülü ganimetlerden bahsetmiyorum bile.

Hayır, doğrudan savaş bir seçenek değildi.

Ama zaten biliyordu: Sadece bunu onaylaması gerekiyordu.

Bir sonraki soru ise evinin güvenliği, fark edilmeden içeri girip çıkmanın ne kadar kolay ya da zor olacağıydı.

Çoğu kişinin yaptığı gibi sadece bir hanın dışında yaşamamaları ve bunun için fazla akıllı ve başarılı olmaları talihsiz bir durumdu.

Yani bu gece köyü hakkında öğrenebileceği her şeyi öğrenecekti.

* * *

Olabildiğince gölgelerde kaldı, gecenin karanlığı da bunu kolaylaştırıyordu.

Mahalledeki çoğu insan onun her zamanki kapüşonlu pelerini hakkında yorum yapmayacak kadar bilgi sahibiydi ve üstelik buralarda dikkatlerden kaçmak isteyen tek kişi de o değildi.

Genel olarak şehrin bu bölgesinde yoldan geçenler hakkında pek fazla yorum yapılmadı.

Yine de, çocukluğundan beri tanıdığı geçitlerden hızla geçerek, mümkün olan en kısa sürede ara sokaklardan geçti.

* * *

Elbette onları çok önceden gördü.

Aslında muhtemelen onlar onu görmeden önce o onları görmüştü.

Ama onlara çok az önem vermişti, yalnızca şehre yeni gelen, arka sokaklarda kaybolan iki kişi.

Ve giyim tarzlarına bakılırsa, onların yeni gelmiş oldukları çok açıktı ve hâlâ gezinin tozları üzerlerindeydi.

Bir deri bir kemik kalmışlardı, biraz parçalanmışlardı ve buradaki çoğu kişi gibi zor zamanlar geçirdikleri açıktı.

Belki ucuz bir pansiyon, hatta geceyi geçirmek için korunaklı bir daire arıyorlardı.

İçlerinden biri aniden önünde belirdi ve yolunu kapattı.

Gözleri rahatsızlıkla yükseldi çünkü adam ondan yaklaşık altı santimetre daha uzundu.

Adamın gevşek saçlarını ve çenesindeki kirli sakalı fark etti; burun delikleri, hafif bir alkol kokusuyla karışık ter ve kir kokusuyla doluydu.

Bir elinde bıçağı ona doğrultarak tuttu.

"Paran, şimdi," diye talep etti, nefesinde taze alkol kokusu vardı.

"Sanmıyorum" dedi sakince, eli zaten gizlice pelerininin altında hareket ediyordu.

Ya gözlerindeki bakışı okuyamayacak ya da doğal olmayan renklerini fark edemeyecek kadar sarhoş ya da çok aptal olduğundan, bakışlarını ona dikti.

Ya da belki onlar için çok karanlıktı.

Arkadaşı zaten onun arkasından dolaşıyor, kaçış yolunu kesiyordu.

Onlar için çok kötü.

"Ah, yapacaksın" dedi, "ve belki başka bir şey de olur, ha?" Gülüşünde kırık ve lekeli dişleri görünüyordu.

Bıçaklı eli hâlâ ona dönüktü, diğer eliyle göğsünü kavramak için uzandı.

Yanıtı yıldırım hızındaydı; sol eliyle bıçaklı elini tuttu ve sertçe çevirdi.

Sağ eli pelerinin altından çıktı ve bıçağı göğüs kemiğinin altına saplayıp kabzasına sapladı.

Nefesi kesildi ama çığlık atmadı, sadece kötü bir nefes yaydı.

Gözleri şoktan iri iri açılmış bir halde geriye sendeledi ve gömleğinin ön kısmında hızla büyüyen lekeye baktı.

Bıçağı çoktan düşürmüş ve diğer saldırganla yüzleşmek için dönmüştü.

O da hareket etmemiş, hiçbir şey yapmamıştı; görünüşe bakılırsa arkadaşı kadar donmuş ve şoktaydı.

Hâlâ kan damlayan bıçağa, ardından da yüzünde bir anlayışsızlık maskesi bulunan Cassandra'ya baktı.

Aptal ölmeyi hak etti, diye düşündü.

Ama bunun yerine dönüp kaçtı, bacaklarının onu taşıyabildiği kadar hızlı bir şekilde geceye doğru koştu.

Onu kovalama zahmetine bile girmedi; burada hiç arkadaşı olmayacaktı ve enerjisini boşa harcamanın pek bir anlamı yoktu.

İlk adam yere yığılırken arkasında bir gümbürtü duyuldu.

Bakmak için döndü ve onun toprak sokakta yerde yatarken sudan çıkmış bir balık gibi nefesi kesildiğini, kan akışını durdurmaya çalıştığını gördü.

Ölüyordu, bu çok açıktı.

Ama yeterince hızlı değil.

Önünde diz çöktü ve bir iki saniye boyunca onun kaçmaya çalışmasını ve aynı zamanda yarasını kapatmasını izledi.

Adam ona yalvararak baktı ama o sadece hançerini tekrar kullanarak boğazını kesti.

Başı yana düştü ve gözleri parladı.

Kılıcını elbiseleriyle sildi, tekrar kınına soktu, sonra ayaklarını kan gölüne sokmamak için dikkatli bir adım attı, cesedinin üzerinden yürüdü ve ara sokağa girdi.

Bununla fazla vakit kaybedemezdi çünkü halletmesi gereken işleri vardı.

* * *

Villa, duvarlarla çevrili bir avlunun her iki yanında uzanan iki uzun kanadı olan tipik iki katlı bir konaktı.

Şehrin bu bölgesindeki diğer birçok bina gibi çatının da üstü düzdü, ancak kanatların ana binayla birleştiği köşelerde iki küçük bakır kubbe duruyordu.

Şehrin bu daha varlıklı bölgesinde çok fazla dikkat çekmek istemediği için dikkatli olmalıydı.

Bir cesedi burada bırakmak çok fazla dikkat çekerdi ve sonuçta bu onun kaçınmaya çalıştığı bir şeydi.

Ancak çok geçmeden zemin kat pencerelerinin, beş veya üç inçten daha geniş herhangi bir şeyin içeri girmesini engelleyen güçlü demir parmaklıklara sahip olduğunu doğrulayabildi.

Gecenin ilerleyen saatlerinde kapatılacağına şüphe olmayan panjurları da vardı.

Duvarlar dikti, bu da onları bir kanca olmadan üst pencereye veya çatıya tırmanmayı imkansız hale getiriyordu... yine de bir kıskaç dikkate alınması gereken bir şeydi.

Ancak grubun günlerini ve gecelerini burada nasıl geçirdiğine dair biraz bilgi sahibi olmak daha faydalı olacaktır.

Örneğin evin boş bırakılması ne kadar olasıydı?

Hepsinden iyisi, hazinelerini kullanmadıkları zamanlarda nerede sakladıklarına dair bir fikre sahip olmak olacaktır.

Bir yerlerde bir kasa olmalıydı ve onu bulmak için tüm villayı aramak zorunda kalmaması kesinlikle tercih edilirdi.

Tabii ki, diye düşündü üzgün bir şekilde, bu konuda bilgi verme şansları gerçekten sınırlıydı.

Sokak lambasının ışığı avludan ve villanın üst katından dışarı sızıyordu.

Birçok kişi hava kararır kararmaz uykuya daldı ve alacakaranlık, herhangi bir insanın yardımsız okuyabileceği noktanın ötesinde derinleşmeye başlamıştı.

Veya ışık kaynağı olmadan başka bir şey yapın.

Ancak maceracılar hâlâ aktifti.

Duvarlarla çevrili kapalı alanın kapılarından ikinci geçişinde, çok fazla belli etmeden cesaret edebildiği kadar yaklaştı ve içeriden konuşma sesini duydu.

Yani en azından bir kısmı artık binada değil avludaydı.

Ve bu ona bir fikir verdi.

Çevredeki binalara baktı.

Villanın kendisi gibi çoğu iki katlıydı, bu da ikinci kattan avlu duvarının arkasını görebilmeniz gerektiği anlamına geliyordu.

Sokaklar boşalıyordu ama Cassandra normal bir evin arkasındaki ara sokaktan aşağı doğru kayarken hâlâ dikkatliydi.

Ev karanlıktı, yani ya evde kimse yoktu ya da çoktan yataklarına çekilmişlerdi ve her iki durumda da amaçlarına uygundu.

Yalnız olduğundan emin olmak için etrafına bakındı ve zemin kattaki pencerelerden birine tırmanıp üstteki pervazı tuttu.

Sessizce ama kendinden emin bir şekilde hareket ederek kendini duvara doğru itti.

Neyse ki, villanın pürüzsüz duvarlarının aksine, tecrübeli birinin tırmanması çok zor olmayacak kadar süslüydü.

Birinci katta, düz çatının kenarına ulaştığında içeriden sesler duyunca donup kaldı.

Burası düşündüğü kadar boş olmayabilir.

"Bay İmp," dedi bir kadın sesi açıkça sahte bir kız gibi, "burada ıslanmalı mıyım bilmiyorum. Ya bazı şeyleri görebilseydiniz?"

Konuşma şekli Cassandra'ya bir kediyle ya da başka bir evcil hayvanla konuşuyor olabileceği izlenimini veriyordu ve gülünç isim bu teoriyi destekliyordu.

Ama bunun yerine bir erkek sesi cevap verdi:

"Ah, ama söz veriyorum görmememi istemediğin hiçbir şeye bakmayacağım."

"Yanlış bir şey yapmadığın sürece... bu çok heyecan verici olur!"

İkisi konuşmayı bırakıp muhtemelen yatak odası olan bir yere girdiğinde Cassandra nefes verdi.

Tavana kadar gidiyor gibi görünmüyorlardı, önemli olan da buydu.

Bir an başka bir ev seçmeyi düşündü ama bunun için biraz geç kalmıştı.

İkiliyi güvenli bir şekilde duyamayacakları şekilde binanın tepesine tırmandı.

Çatı, diğerleri gibi düzdü, çevresinde alçak bir duvar vardı ve evin içine inilebilecek bir kapak vardı.

Sakinlerin evin karşı köşesine gittiklerinden ve artık onu güvende bırakarak uyuyacaklarından emindi.

Neredeyse kedigillere özgü bir gizlilikle çatının üzerinden geçti ve villaya bakan tarafa uzanıp sadece yirmi beş santim yüksekliğindeki duvarın üzerinden baktı.

Karanlıktaydı ve kasaba aydınlanmıştı; Tam olarak onun yönüne baksalar bile, ki bunu yapmak için hiçbir nedenleri yoktu, oradan onu görebilmeleri pek mümkün değildi.

Aşağıdan kıkırdamalar duyabiliyordum; sinir bozucu kadının aptalca bir yorum yapması veya başka bir şey yapması için arada sırada sözünü kesiyordu.

Yakında sakinleşeceklerini ya da en azından kadının sakinleşeceğini umuyordu, çünkü en çok konuşan o gibi görünüyordu, çünkü bu durumda villadaki bir konuşmaya kulak misafiri olma fırsatı bile bulabilirdi.

Ama dikkatle dinlemesi gerekiyordu ve bunun için de en azından biraz sessizliğe ihtiyacı vardı.

Maceracıların açık havada akşam yemeği yedikleri belliydi.

Avluya büyük bir masa kurulmuş, etrafında sandalyeler vardı ve duvarların etrafına çok sayıda fener asılmıştı.

Belli ki yemeklerini bitirmişlerdi ve o izlerken genç bir hizmetçi tabakları temizliyordu.

O bir sorun olabilir; Onlar uzaktayken bile villada olması muhtemeldi.

Elbette onunla savaşmak zorunda kalsaydı bununla başa çıkmak onun için çok zor olmazdı ama bu işleri karmaşık hale getirirdi ve eğer yapabiliyorsa bundan kaçınmayı tercih ederdi.

Sonuçta, bazen gerekli olsa bile arkasında cesetlerden oluşan bir iz bırakmaktan hoşlanmazdı.

Avluda grubun oluştuğunu bildiğinden daha fazla insan vardı, bu da misafirleri olduğunu gösteriyordu.

Maceracılardan üçünün kimliğini hemen tespit etti.

Cüce Snagg ve goblin kadın Zula olmalı.

Koyu saçlı ve kısa sakallı yakışıklı adam kesinlikle Conan'dı ve ayrıca Snagg dışında herhangi bir üniforma giymeyen tek kişi de oydu.

Ancak diğerlerinin tespit edilmesi daha az kolaydı.

Ayrıca bildiği kadarıyla her ikisi de kadın olan bir elf büyücü ve bir insan şövalye arıyordu.

Ancak şans eseri, masanın etrafında kalan altı kişi arasında dört kadın, iki elf ve iki insan vardı, diğer iki misafir ise erkekti.

Zaten erkekleri zaten dışlayabilirdi; birincisi erkek oldukları için, ikincisi ikisi de biri şövalye, diğeri din adamı olan onur tanrısı Ymir Kilisesi'nin üniformalarını giymiş oldukları için.

Grubun şövalyesi ve lideri Leydi Yasimina'nın arkadaşları olmalıydılar ve burada yaşamadıklarını biliyordu, dolayısıyla acil bir endişe kaynağı değillerdi.

Her iki insan kadın da açık renk saçlıydı ve zarif elbiseler giyiyordu.

Biri Yasimina Hanım'ın ta kendisi olmalıydı ama şu an hangisinin hangisi olduğunu bilmiyordu.

Elflerden birinin uzun sarı saçları vardı ve diğerinin saçları ensesine yakın bir yerde kesilmişti ama Valeria'nın ona yardımcı olacak kadar doğru bir tanımı yoktu.

Kıyafetleri de işe yaramadı çünkü ikisi de büyücü olabilirdi...

Valeria, elfler için geleneksel bir kıyafet mi giyecekti yoksa en saf insan tarzında sade beyaz bir elbise mi giyecekti?

Bilmenin hiçbir yolu yoktu.

"Ooo, Bay İblis!" — kadın aşağıdan bağırdı, belli ki sahte bir şok içindeydi. "Göğüslerimi görebiliyor musun? Ne yapıyoruz?"

Cassandra yumruğunu sıktı ve bu gülünç kadının çenesini kapatıp bu işin bitmesini diledi.

Konuştuğu saçmalıkların yanı sıra, sesi tek başına sinir bozucu ve deliciydi; aralıksız, tiz bir çığlıktı.

'Bay İmp' her kimse, adamın kadınlar konusunda çok kötü bir zevki vardı.

Tekrar caddenin karşısındaki gruba odaklanmaya çalıştı ama altındaki evin gürültüsü nedeniyle söylediklerini duymak imkansızdı.

Hizmetçi sanki daha fazla talimat bekliyormuş gibi avlunun köşesinde, dairenin dışında kalmıştı, ama diğerleri şarap içip kendi aralarında sohbet ediyorlardı.

Bulutsuz bir gökyüzüyle açık bir geceydi... Aşağıdan gelen kesintiler olmasa kesinlikle onları duyabilirdi.

"Oooh, bana orada dokunmamalısın, bu çok kötü olur!"

Bu noktaya kadar büyük oranda sessiz kalan adam, kendi müdahalesiyle sözünü kesti.

"Kedicik Kız, sikimi em!"

Tanrıya şükür, diye düşündü Cassandra, bu eylem sonunda kadını susturdu.

Belki adam da onun gevezeliğinden sıkılmış ve onu susturmanın etkili bir yolunu düşünmüştü.

Aşağıdaki sesler en azından geçici olarak susturulduğundan şüphelendiği gibi grup konuşmasının bazı kısımlarını duymak mümkündü.

Kısa süre sonra misafirlerin maceracı olmadığı, üçünün Ymir tapınağıyla ilişkili olduğu anlaşıldı.

Buna beyaz elbiseli elf kadın da dahil olduğundan diğer elfin Valeria olması gerekiyordu.

Ayrıca Conan'ın kısa saçlı elfle flört ettiği de açıktı, ancak Cassandra vücut dilinden aralarında pek de yakınlaşmadığını seziyordu.

Yine de kadınlara karşı bir zaafı varsa bu onun kullanabileceği bir şey olabilir.

Maceracılar şu anda en son maceralarını anlatırken, insan kadınlardan hangisinin Yasimina olduğu çok geçmeden belli oldu.

Pek konuşmayan ve zaman zaman biraz rahatsız görünen diğerinin kimliğine dair gerçek bir ipucu yoktu.

Ancak en önemlisi Cassandra, hazinenin nasıl bulunduğuna dair hikayeden hazineye dair bir ipucu elde edebileceğini umuyordu.

Açıkçası, kuzeydeki vahşi doğada bir çeşit derin yeraltı mezarı vardı.

Leydi Gedren'in tanımına uyan bir tür kara büyü eşyası bulmak için mükemmel bir yer olduğunu düşündü.

Eğer biraz daha dinleseydi...

"Lordum İmp şimdi bana da aynısını yapacak mı? Eminim yapacaktır! Bacaklarımın arasında biraz nem olduğuna göre, Lord İmp beni daha iyi hissettirecek bir şey düşünebilir mi?"

Cassandra dişlerini gıcırdattı ve kafasını duvara çarpma dürtüsüne direndi.

Ya da daha iyisi aşağı inip o aptalı öldürün.

Bir cinayetin bu kadar dikkat çekmesi olmasaydı, bunu yapmaktan kaçınacak güce sahip olacağından emin değildi.

Hatta yan komşularınız bunun için size teşekkür edebilir.

Adamın sesi, "Ah, kahretsin, evet" dedi ve ardından kadından uzun bir sevinç çığlığı geldi.

Daha önce konuşmuş olsaydı şimdi daha da kötüydü.

Sanki cam kırılmış gibi çıkan tiz burun sesi, ara sıra sevgilisine öğütler ve sert bir tokat sesi arasında, işkence gören bir hayvan gibi gidip geliyor ve çığlık atıyordu.

Cassandra, seslere bakılırsa adamın kendisine de şaplak mı attığını merak etti, ancak boğulmanın daha iyi bir seçenek olacağını düşünmüştü.

Yarı iblis başını ellerinin arasına aldı ve yakındaki diğer binalara baktı.

Oraya ulaşmak zor olurdu ama buna değecektir.

Ancak villadan uzakta olmanın pek bir faydası olmayabilir.

Bu iki aptal bunu daha ne kadar sürdürecek?

Sonunda, istenmeyen ilgiyi önleyecek şekilde onları öldürmenin yollarını düşünmeye başladığında, adam yüksek sesle inledi ve ikili mutlu bir sessizliğe gömüldü.

Cassandra ellerini kulaklarından çekti ve tekrar balkona baktı.

Ne yazık ki konuklar ayrılmış gibiydi.

Elde edebileceği daha fazla bilgi zaten sonsuza dek yok olmuştu.

Hayal kırıklığıyla tavana çarpmak istedim ama bu bir ses çıkarıp aşağıdaki sessiz çifti uyarabilirdi.

Öğrenecek başka bir şey olmadığından şüpheleniyordum.

Bu yüzden elinden geldiğince hızlı ve sessizce arka duvara tırmanıp aşağı indi.

Buradan ne kadar çabuk çıkarsa o kadar iyi olur.

Çömeldiğinde son kez o delici sesi duydu.

"Oooh, yine yapar mıyız...?"

BÖLÜM VIII
ADRIANA

Cüceler, şehirde kendi mahallelerini inşa edecek kadar uzun süredir Tarantia'da bulunuyorlardı.

Hayatı boyunca şehirde yaşamış olmasına rağmen burası Conan'ın nadiren gittiği bir bölgeydi.

Elflerin aksine cüceler nadiren sihir yaparlardı ve kültürlerinin birbirine sıkı sıkıya bağlı ve ihtiyatlı ruhu onları ziyaret etmesi için ona çok az neden verirdi.

Aslına bakılırsa Leydi Yasimina, kaliteli zırhları nedeniyle muhtemelen bölgeye kendisinden daha aşinaydı.

Ve elbette Snagg da yanlarındaydı.

Küçük pencereli blok binalara bakarken neredeyse neden gelmeye gönüllü olduğunu merak ediyordu.

Ancak şehrin altındaki harabelerin planlarını elde edeceklerse, Snagg'ın mimari ve taşa olan doğal duygusunun yanı sıra Tarantia'nın antik tarihi hakkındaki bilgisi de yardımcı olabilir.

Bununla birlikte, elflerin ve hatta bir dereceye kadar goblinlerin kaygısız, eğlenceyi seven doğasından uzak olsalar da cücelerin nazik insanlar olduğunu da hissetti.

Kültürlerinin doğası gereği bu vardı: Onlar, tüm zamanlarını sanatlarını geliştirmeye adamış, neşeye vakit ayırmayan usta zanaatkarlardı.

Leydi Yasimina, etraflarındaki binalar kadar düzenli ve monoton, kare şeklinde düzenlenmiş cüce sokaklarında yürürken onlara öncülük ediyordu.

Bir şövalye olarak muhtemelen cücelerin katkılarını onaylıyordu ve Conan bile onların onurlu ve cesur insanlar olduğunu kabul etmek zorunda kalmıştı.

Snagg birden fazla kez kendi hayatını kurtarmıştı.

Önceki gece Yasimina, Ymir tapınağından bazı arkadaşlarını avluda keyifli bir yemek ve sohbet akşamı için davet etmişti.

Şehre yönelik bariz tehdidi tartışmamışlardı ama Tapınaktakiler, eğer ihtiyaç duyulursa potansiyel müttefiklerdi.

Valeria, Onna adında bir arkadaşını da getirmişti ama o, kadınlar hakkında onun ondan hoşlanmadığını söyleyecek kadar bilgi sahibiydi.

Bununla birlikte, en azından Conan'ın bakış açısından daha acil ilgi çekici olan, Tapınağın genç elf kalkan kızının çok güzeldi, hatta kendi tarikatının sade beyazını giymiş olmasıydı.

Şövalyelik yolunda ilk adımlarını atan bir kadın olarak, onun kendisiyle flört etme girişimlerine direnmesi utanç vericiydi.

En azından gücenmiş gibi görünmüyordu ve bir gün kendisinin de çarşafların arasında onunla birlikte olacağı umudunun tamamen abartılı olmadığını düşündü.

Ama burada öyle bir ihtimal yok, diye düşündü.

Bu kadar dikkatli olmayan cüce kadınlar bile onun ideal yatak arkadaşı imajına zar zor yaklaşabiliyordu.

* * *

Vardıklarında gidecekleri yerin, etrafını saran donuk binalardan oldukça farklı olduğunu kabul etmek zorundaydı.

Açık ara daha uzundu ve kapıları insan boyuna uygundu.

Duvarların iki yanında süslü karşı çerçeveler, kaleler, kuleler, örsler ve çekiçlerin resimlerini tasvir eden kemerli vitray pencereler bulunuyordu.

Ana girişin üzerinde taşa özenle oyulmuş bir arma vardı.

Cüceler becerilerini göstermek istediklerinde kesinlikle bunu yapabilirlerdi.

Bunun için, bazı goblinler ve insanların da bulunduğu, cücelerin hakim olduğu bir meslek olan Tarantia Masonlar Loncası vardı.

Snagg'ın bazı bağlantılarının yardımıyla aradıkları cevapları burada bulmayı umuyorlardı.

Conan'ın bildiği gibi cüce savaşçı şehrin yerlisi değildi ve güneydeki dağlardan gelmişti.

Buraya servetini aramaya gelmişti ve maceracılar grubunun bir parçası olarak genellikle onu bulmuştu.

Ancak farklı klanlara rağmen yerel halkla hâlâ bazı bağlar kurmuştu; bu, görünüşe göre cüce kültürünün önemli bir yönüydü, anladığı kadarıyla.

Üçü birlikte merdivenlerden yukarı çıkıp koridora açılan kapıdan içeri girdiler.

Bina açıkça insanlar düşünülerek inşa edilmişti ama şüphe götürmez bir cüce atmosferi sergiliyordu.

Lobinin zemini cilalı mermerdendi ve mağarayı andıran süslü bir tavana kadar yükselen sütunlarla kaplıydı.

Duvarlar, büyük bir binanın inşaatının çeşitli aşamalarını gösteren taş oymalarla kaplıydı ve üst kata çıkan merdivenlerin korkulukları parlak metalle kaplanmıştı.

Bir tür gri üniforma giyen bir cüce gruba yaklaştı ve binanın içinde kaybolmadan önce Snagg ile kısa bir süre konuştu.

Üçlü, üniformalı cüce başka bir kişiyle birlikte dönüp kapının yanındaki yerine dönene kadar inşaatçıların sergilediği sanat eserlerine bakarak kibarca bekledi.

Yeni gelen, kalın kahverengi saçlı ve nispeten kısa sakallı, oldukça genç bir adam olan başka bir cüceydi.

Katı toprak tonlarında giyinmişti, ırkının tercih ettiği ağır çizmeler ve parmaklarında birkaç altın ve gümüş yüzük vardı.

Her ne kadar muhtemelen henüz kendi işini kuramayacak kadar genç olsa da, açıkça müreffeh bir zanaatkardı.

"Sakin ol!" dedi, savaşçının elini resmen sıkarak, "seni tekrar görmek güzel. Beni arkadaşlarınla tanıştırmalısın."

"Rimir, bunlar benim yoldaşlarım; Leydi Yasimina ve Conan, bir büyücü. Yasimina, Conan, bu Rimir, Bardalf Klanının baş zanaatkarlarından biri."

Savaşçı, aşırı uzun ve gösterişli olmasa da, ifadelerin formalitesini fark etmeden edemedi.

Burada net bir protokol vardı ama en azından sıkılmadık.

"Tartışmamız gereken bir iş meselesi var; bize yardımcı olabilecek bazı bilgiler var."

"Elbette," diye yanıtladı en genç cüce, "babam ve ben kendi işimizi yürütüyorduk ama bu neredeyse tamamlandı ve sen de bize katılabilirsin. Sonra kendi işin hakkında konuşabiliriz." Kariyeri konusunda dost canlısı, açık fikirli bir adam olduğu belliydi ve geldiği kapıya doğru yolu gösterdi.

Kapının diğer tarafında, çevresinde birkaç odanın bulunduğu bir koridor vardı; görünüşe göre zanaatkârların ve müşterilerinin sessiz kalması için toplantı odaları vardı.

Binanın geri kalanı gibi duvar halıları veya ahşap paneller yerine frizlerle oyulmuş taş duvarlara sahip odalardan birine girdiler.

Bazıları insanlar için, diğerleri cüceler için uygun olan birkaç sandalye ve bazı parşömenlerin olduğu uzun bir masa vardı.

Üzerinde köprü resmi bulunan vitray pencere odaya bol ışık girmesini sağlıyordu.

Masanın bir tarafında, pencereye bakan, gri saçlı, uzun örgülü sakallı, kalın gümüş bilezikli ve yüksek statüsünü gösteren bir piyonla süslenmiş kemer tokalı yaşlı bir cüce vardı.

Yanında genç bir cüce vardı ve diğer cüceye bakmayı bıraktığında Conan'ın gözleri hemen odadaki üçüncü kişiye, belli ki zanaatkarın müşterisine gitti.

Yaklaşık otuz yaşlarında görünüyordu ve koyu mavi ve yeşil uzun bir elbise giyen bir insan kadındı.

Onun insanlar için ortalamadan biraz daha uzun olduğunu, odadaki cücelerin üzerinde bir kule gibi göründüğünü tahmin etti.

Sırtının ortasına kadar at kuyruğu şeklinde toplanmış uzun kum sarısı saçları, kırmızı dudakları ve mavi gözleri olan ince bir yüzü vardı.

Cildi solgun ve pürüzsüz görünüyordu, elmacık kemiklerine dağılmış birkaç soluk çil vardı.

Geldiklerinde masanın üzerine eğilmiş, parşömenlerden bazılarını alıyordu, ancak elbisesinin yüksek kesimi onun göğüslerinin hatları ve kalçalarının kıvrımından başka bir şey görmesine izin vermiyordu.

İçeri girdiklerinde başını kaldırdı, bakışları basit bir meraktan başka bir şey değildi.

"Selamlar," dedi en yaşlı cüce, dimdik ayakta, "Ben Othan das Bardalf, usta duvarcı ve mimar. Bu," diye geri kalan cüceyi işaret etti, "kızım Astrid ve bu da birlikte çalıştığımız tüccar Adriana. elinde bir iş var."

Snagg arkadaşlarını ikinci kez tanıştırdı ve ardından Yasimina öne çıkıp Othan'ın elini kısaca sıktı ve kendi resmi duruşunu korudu.

"Bizler gizli yer altı mezarlarından kayıp hazineleri kurtaran maceraperestleriz, usta duvarcılarız. Mimari bilgi konusunda yardımınızı istiyor ve uzmanlığınızın önünde eğiliyoruz."

Conan bunun biraz abartılı olduğunu düşünüyordu ama Othan etkilenmiş görünüyordu.

Doğru formalitelerin yerine getirildiği ortaya çıktı.

"Lütfen bize katılın" dedi masanın karşı tarafındaki sandalyeleri işaret ederek.

Maceracılardan bahsedildiğinde Adriana'nın gözleri biraz genişledi ve gruba merakla baktı, gözleri önce Snagg'a, sonra da savaşçıya odaklandı.

Orada gereğinden fazla kalmaları gerekiyormuş gibi görünüyordu ve kendisi de biraz ateşli görünüyordu.

Belki bu ziyaretten biraz bilgi almanın ötesinde bir şeyler çıkarılabilir...

"Var..." diye başladı Adriana, sanki ne diyeceğini bilmiyormuş gibi hafifçe duraklayarak, "sadece açıklamam gereken bir şey var ama zahmet etmeyeceğim. Bir dakika kalmamın sakıncası var mı?" Othan'dan Yasimina'ya baktı ama ilk tepki veren Conan oldu.

"Hiç de değil" dedi, "bitirmemiz uzun sürmeyecek."

Yasimina ona şaşkın bir ifadeyle baktı, ta ki birdenbire sebebinin ne olduğunu fark edene kadar.

Yüzü biraz buruştu ama usta duvarcıya bakarak hiçbir şey söylemedi.

O da onay verdiğinde, insan tüccar masadan bir sandalye çıkardı ve onu maceracıları görebileceği, ancak tartışmanın doğrudan bir parçası gibi görünmediği cücelerin arkasındaki uzak duvara taşıdı.

Masanın her iki yanında üçer kişi olmak üzere hepsi oturdu.

Adriana pencerenin yanında, biraz gölgede oturuyordu ama savaşçının gözleri cücelerin başlarının üzerinden ona doğru fırladı.

Neyse ki Yasimina tüm dikkatini işine vermiş gibi görünüyordu ama bu durumda herhangi bir flörtü onaylamayacaklarından şüpheleniyordum.

Aslında cücelerle kur yapmanın nasıl işleyeceğinden emin değildi, ancak bunun biraz zaman alacağından şüpheleniyordu.

Yasimina, "Şehrin geçmiş tarihi ve antik mimarisiyle ilgileniyoruz," diye söze başladı, "özellikle yer altı kalıntılarıyla. Burada onlar hakkında bazı bilgiler almayı umuyorduk... tarihi meraklar veya bunların nasıl oluştuğu gibi. Üstlerine inşa etmekten kaçınmak için, bu türden bazı bilgilere sahip olabilirler mi?

"Elbette biraz bilgimiz var" dedi Othan, "ama bu normalde bırakın insanları, dışarıdakilerle bile paylaştığımız bir bilgi değil. Bu kısmen lonca bilgisi değil, aynı zamanda klan meselesi de... bu adam bilgiyi elde etmek zordur ve rakiplerimize kolayca teslim edilemez."

Conan onun biraz kaçamak davrandığını düşünüyordu.

Yeraltı harabelerinin oluşturduğu tehdide dair herhangi bir fikirleri var mıydı ya da en azından orada kötü bir şeylerin olabileceğine, kimseyle tartışmak istemedikleri bir şeyin olduğuna dair bir belirti var mıydı?

En azından mümkündü ama Yasimina grubun müzakerecisiydi.

O ve Snagg birlikte cüce duvarcılardan ihtiyaç duydukları şeyi alabilmeli.

Bunu yapabilecek biri varsa o da onlardı.

Ve böylece, aklının biraz dolaştığını fark etti, tabii ki insan tüccarı konusu üzerinde.

Adriana kesinlikle biraz gergin görünüyordu.

Gerçekte konuşmaya pek dikkat etmiyormuş gibi görünüyordu, bunun yerine kendi düşüncelerine çok odaklanmış görünüyordu.

Maceracılara dönüp baktı ve savaşçı artık onun heyecanlı göründüğünden oldukça emindi, gözleri istemsizce genişledi ve sanki ilgisini belli etmekten kaçınıyormuş gibi ellerini birbirine kenetledi.

Ancak Conan için bu oldukça açıktı.

Gözleri bir an onun üzerinde durdu ve gözlerinin içine baktı, ardından masanın arkasındaki vücudunda görülebilen her şeye hayranlıkla bakmak için onları kasıtlı olarak uzaklaştırdı.

İnce, büyük, yüksek göğüslü ve uzun boyunluydu.

Bu mesafeden bunu söylemek zordu ama kısa saçlarının altında alnında birkaç damla ter gördüğünü sandı.

Gözleri iri iri açılmış, kaşları kalkmıştı ve onun da onu kendisi kadar ölçtüğünden emindi.

Daha sonra belki diğer ikisinin onun ilgisini fark edip etmediğini görmek için Snagg'a doğru baktı, ama öyle görünmüyordu çünkü kısa süre sonra tekrar Conan'a baktı, ifadesi artık kurnazdı.

Artık onun birlikte olmaları için bir yol planladığından emindi... Cüceler burunlarının dibinde olup bitenlere gücenmeden ona şans vermenin bir yolunu bulması gerekiyordu.

Bakışlarını tutarak dudaklarını ayırdı ve dilini onların etrafında gezdirerek ona belirgin bir buraya gel bakışı attı.

Artık hiçbir tabelayı yanlış okumadığından emindi, hayır, okumadığından emindi, çünkü bunu yapmak için pek çok şansı vardı ve kadınları iyi okuyabiliyordu.

Kabul ettiğini anlayacağını umarak ona gülümsedi ve dikkatini tekrar konuşmaya verdi.

Sonuçta önemli olabilir.

"Bu koşullar altında..." diyordu Othan, "sana verebileceğimiz bazı ayrıntılar var ama burada değil. Yarın gece, çünkü Rimir'le benim daha önce bir yere gitmemiz gerekiyor. Astrid'in bunu senin yerine halletmesi gerekecek. Ama " Bunun cücelere ait bir bilgi olduğunu anlamalısınız ve biz bunu yalnızca Snagg'a verebiliriz. Kararınıza güveniyoruz dostum," diye ekledi cüce savaşçıya dönerek, "ama bunu nasıl paylaşacağınıza karar vermelisiniz, çünkü eğer bu senin için, hiçbir bağımızı koparmıyoruz ama bu senin için olmalı, sadece senin için. Anlayacağına inanıyorum..."

Daha cevap veremeden Conan, Adriana'nın aniden ayağa kalkmasına şaşırdı.

"Gitmem gerektiğini anladım," dedi, "böldüğüm için çok üzgünüm ama her halükarda daha fazla rahatsız etmemeliyim. Gitmeden önce Astrid'le biraz konuşabilir miyim?"

Othan biraz sinirlenmiş görünüyordu ama kızına işaret etti ve kız ayağa kalkıp uzak köşeye doğru yürüdü ve burada, savaşçının duyamayacağı bir yerde, Adriana ile bir süre fısıldaştı.

Şu ana kadar cüce kadına pek dikkat etmemişti, çünkü kadın Yasimina'yla konuşması sırasında ya da odaya girdiğinden beri bir kez bile konuşmamıştı.

Bunun bir cüce için ne anlama geldiğinden pek emin olmasa da genç görünüyordu.

Eteği neredeyse yere kadar uzanan gri-mavi bir elbise giymişti.

Kalın gümüş ve altın kolyesi ile sol bileğindeki bilezik açıkça yüksek beceriye sahip cüce işçiliğinin ürünüydü.

Sarışındı, saçları örgülüydü ve ırkının tipik soluk tenine sahipti.

Tıknaz yapısına ve oldukça kalın kollarına ve bacaklarına rağmen, onun oldukça çekici bulunabileceğini düşünüyordu ve belki de cüce adamlar öyle düşünüyordu.

Snagg'ın bu gece onunla ve uzaktaki ailesiyle birlikte bir evde yalnız kalacağı aklına geldi.

Eğer kendisi olsaydı ve kadın da insan ya da elf olsaydı, bu gecenin nasıl biteceğinden emindi.

Ama olaylar böyleyken hiçbir şeyin olacağını hayal bile edemiyordum.

Cücelerin bu gibi altın fırsatları bile kaçırdığından şüpheleniyordu ve muhtemelen Othan'ın bu olasılık hakkında endişeli görünmemesinin nedeni de buydu.

Adriana'nın onunla bir daha iletişim kurmasına izin vermeden ayrılmak üzere olması konusunda daha çok endişeliydi ama sonra Astrid'e söylediği her şeyin cüceyi utandırdığını fark etti ve ona baktı. Neyse ki o sırada başka tarafa bakıyorlardı çünkü Snagg'la konuşmaya geri dönmüşlerdi.

Muhtemelen, diye düşündü, bir cücenin yüzünün kızarması da fazla zaman almadı, ama tüccarın Astrid'e bir parça parşömen uzattığını ve Conan'a baktığını gördüğünde, onun ona ne söylediğinden zaten emindi.

Görünüşe göre cüce kadın bile notun ardındaki amacı yorumlayabilmişti, çünkü notu kabul etmekten ne kadar utandığını gördü.

Onların kültürlerinde işler bu şekilde yapılmıyordu.

Bundan sonra Adriana kapıyı arkasından kapatarak ayrıldı ve klan salonuna döndü.

Astrid masaya geri döndü, notu bir eliyle diğerlerinin göremeyeceği şekilde arkasında tutuyordu, gözleri ise üzgündü ve eskisinden daha da çekingen görünüyordu.

El sıkışırken Snagg'ın söylediği her şey yaşlı cücenin onayını almıştı ve konuşma daha sosyal meselelere dönmüştü.

Cüce savaşçının aileyi tanıdığı belliydi ve artık iş bittiğine göre bu konu hakkında konuşmak istiyordu.

Artık dikkatini dağıtacak başka hiçbir şey olmadığından Conan, cüce klanları ve onların meseleleri hakkında ona son derece sıkıcı gelen hikayeleri dinlemek zorunda kaldı, ancak cüce savaşçının kendi türünden insanlarla konuşmak için çok az fırsata sahip olduğunu varsayıyordu; Artık bunu yapma şansı olduğu için onu rahatsız etmedi, yaptı.

Sonunda herkes ayağa kalktı.

Cüceler artık eskisinden daha dost canlısı ve daha az resmi görünüyorlardı.

Belki sonuçta faydalı müttefikler olabilirler.

Onlar gittiklerinde Astrid parşömen parçasını aceleyle eline bastırdı ve görülmediğinden emin olmak için etrafına baktı.

Ayrıldıktan sonra notu açıp okudu.

Şehrin insani kısmındaki bir evin adresiydi ve üzerinde yarının tarihi yazıyordu.

***

Snagg gün batımından kısa bir süre sonra duvarcı ustasının evine geldi.

Onun için cüce mahallesinin düzenli sokaklarında yürümek, Tarantia'nın geri kalanının dolambaçlı sokaklarından çok daha kolaydı ve ona memleketindeki büyük yeraltı şehrini biraz hatırlatıyordu.

Othan'ın planları yalnızca bir cüce arkadaşına devretmeyi kabul etmesine şaşırmamıştı.

Dışarıdan gelenlerle paylaşılmaması gereken pek çok şey vardı.

Ama eğer burada bir tehdit varsa bedeli ne olursa olsun onunla uğraşmak zorunda kalacaktı.

Yolculuğun hızlı olacağını biliyordum.

Sadece hazırladıkları belgeleri toplaması ve sonra gitmesi gerekiyordu.

Conan ise yüzünde sakin bir gülümsemeyle ayrılmıştı ve şafak sökmeden geri dönmeyecekti.

İnsanların ve elflerin bu tür şeylerle ilgili kaygıları ona biraz uygunsuz görünüyordu ve bu tür konular hakkında konuşmaktan daha iyisini bilen insanlar arasında olmak güzeldi.

Neyse ki Astrid anlayacaktı.

Muhtemelen Conan'ın bu akşam duvarcı ustasının evinde neler olabileceğine dair bu tür kirli düşünceleri zaten vardı, ama eğer öyleyse, bundan daha yanılıyor olamaz.

Astrid kuşkusuz oldukça çekiciydi ama ona göre biraz gençti ve zaten ona kur yapmak isteseydi, onun için pek çok düzenleme yapılması gerekirdi.

Cüceler, insanlardan veya elflerden farklı olarak böyle davranmazlardı ve Othan ile Rimir'in bu tür şeyler hakkında endişelenme zahmetine bile girmemiş olmaları bir güven göstergesiydi.

Karşı cinsten iki kişinin aynı binada olması onların mutlaka üremeye çalıştıkları anlamına gelmiyordu.

Ev, yakındaki çoğu ev gibi görünüyordu ama Snagg'ın deneyimli gözleri, Othan'ın statüsündeki ve mesleğindeki bir cüceye yakışan en yüksek kalitede taşı ayırt edebiliyordu.

Aynı zamanda biraz daha büyüktü ve eğimli arduvaz çatısı tüccar ailesinin zenginliğinin bir işaretiydi.

Kapıyı çaldı ve Astrid kapıyı açtığında adını ve amacını açıklamaya hazırlandı.

Ama o Astrid değildi; Adriana'ydı bu.

Snagg şaşkına dönmüştü ve anında alarma geçti.

Artık Conan'la birlikte olması gerekmez mi?

Yoksa savaşçının bu gece ne yaptığını yanlış mı yorumlamıştı?

Onu tanımak pek mümkün görünmüyordu ama öte yandan başka biriyle tanışmış olma ihtimali de her zaman vardı.

Adriana'nın Bardalf klanının, özellikle de Othan'ın güvenilir bir arkadaşı olduğu belliydi ve aslında onun adını daha önce duymuştu.

Sık sık cücelerle çalışan ve onların mallarının insan pazarına, özellikle de Tarantia'nın ötesine satılmasına yardımcı olan bir tüccardı.

Yani bildiği kadarıyla ona güvenebilirdi.

Ancak onun buradaki varlığı en hafif tabirle tuhaftı ve maceracılar geldiklerinde onları tartmak için biraz zaman harcadığını fark etmişti.

Conan onun sadece ona baktığını düşünebilirdi, aklı bazen tek bir düşüncedeydi ama Snagg da kendisini onun bakışları altında bulmuştu.

Gerçekten ne istiyordu?

"Snagg," dedi, "içeri gel. Yemeğimizi yeni bitirmiştik. Cüce yemeklerini severim. Bu arada, tüm belgeler senin için aşağıda hazır. Ya da bana öyle söylendi, anlaşılan o ki, bunu yapmama izin verilmiyor." onları gör! "

Mantıklı görünüyordu ama bir şekilde sözleri tamamen doğru görünmüyordu.

Bir şeyler saklıyordu ama ne?

Şehrin sokaklarında tam zırh ve silahlarla dolaşmanın bir faydası olmadığından yalnızca bir hançer taşıyordu ama büyük bir hançerdi ve onu kullanmada ustaydı.

Gerekirse onu yakalamaya hazır bir şekilde gizlice elini ona doğru uzattı ama yine de eve girdi.

Etrafı cüce arkadaşlarıyla çevriliydi ve burası şehrin güvenli bir parçası olmalıydı... ama tuhaf bir şeyler oluyordu, onun tam olarak anlamadığı bir şey.

Ve bir savaşçı olarak buna hazırlanmanın tek bir yolu vardı.

Evin içi tipik cüce tarzında düzenlenmişti.

Zemin kat sokak seviyesinin biraz altına gömülmüştü; alanın çoğunu tek bir oda kaplıyordu, arkasında bir mutfak ve üst kata çıkan taş sarmal merdivenler vardı.

Ancak Adriana sanki onu takip etmemi bekliyormuş gibi hemen aşağı inen merdivenlere yöneldi.

Elbette cüce evlerinin insan şehirlerinde bile sağlam bodrumları vardı, ama neden belgeleri buraya teslim etmiyorsunuz?

Peki Astrid neredeydi?

Onu merdivenlerden aşağı takip etti ve hemen tuhaf bir koku fark etti.

Baharatlıydı, biraz tütsü gibi baharatlıydı ama tanımlayabildiğim hiçbir şey yoktu.

Eli artık hançerinin üzerindeydi, tehlikeye karşı tetikteydi.

Ork kokusu ya da o kadar da tehlikeli bir koku değildi, aslında oldukça hoş bile görünüyordu.

Ama burada yersizdi ve onu endişelendiren de buydu.

"Bu taraftan" dedi tüccar ve eli hâlâ hançerin üzerindeyken bir odaya girdi.

Karanlıktı, aydınlatma için yalnızca küçük bir mangal vardı ama gözleri doğal olarak loş ışığa uyum sağlamıştı ve çok geçmeden ayrıntıları fark etti.

Pek çok cücenin tipik bodrum katı tarzında, sağlam kayalarla çevrili olarak uyuyabilecekleri bir yatak odasıydı.

Daha da önemlisi Astrid burada değildi.

Döndüğünde Adriana'nın kapıyı kapattığını ve şimdi içeriye yaslanarak tek çıkışı kapattığını gördü.

Tek eliyle komodinin üzerindeki yer lambasını yaktı, sarı ışık odanın her tarafına yayıldı.

Koku artık daha güçlüydü ve kendisini tuhaf hissetmesine neden oluyordu.

Kokusu burnunu sızlatıyor, sanki baharatlı bir yemek yemiş gibi kendisini sıcak, neredeyse terli hissetmesine neden oluyordu.

Bu düşüncelerini bulanıklaştırdı ama kendisini zayıf ya da hasta hissetmesine neden olmadı.

Aslında kendisini oldukça yetenekli ve enerjik hissediyordu.

"Burada neler oluyor?" Sıktığı dişlerinin arasından, hançeri yarı yarıya fırlatarak söyledi.

Silahsızdı ve odada başka kimse yoktu.

Eğer iş o noktaya gelirse zor bir dövüş olmazdı ve onun bildiği kadarıyla o bir büyücü bile değildi.

Ona saldırmaya ya da hapse atmaya çalışması pek olası görünmüyordu, peki planı tam olarak neydi?

Adriana hâlâ kapıya yaslanarak, "Bıçağa gerek yok," dedi, "herhangi bir tehlikede değilsin. Biraz sahtekar olduğumu kabul ediyorum... ama hayal kırıklığına uğrayacak olan arkadaşın Conan'dır, değil. sen. Şu anda Astrid'in belgelerini toplaması gerekiyordu, korkarım ki bu onun bunu yapacağını düşünmesine neden olan şey değildi. Belgeleri sana kendim verecektim ama o gerçekten ısrar etti. onlara... Bile bile... Vereceğini söylediği kişiye vermiyor."

Snagg kaşlarını çattı ve artık küçük mangaldan geldiğini fark ettiği kokuyu görmezden gelmeye çalıştı.

"Bu benim sorumun cevabı değil: ne yapıyorsun? Beni neden istiyorsun?"

"Ah, evet" dedi, tütsü onu da etkilemediyse hafifçe kızararak, "soru bu."

Biraz yutkundu ve elini arkasına koydu.

Snagg hafifçe gerildi ama onun merdivenlerden aşağı doğru onu takip ettiğini görmüştü; Çok küçük olmadığı sürece orada saklı hiçbir şeyim yoktu.

Bir iğne Belki ama muhtemelen çok daha fazlası değil.

"Uzun zamandır cücelerle çalışıyorum" dedi, hâlâ asıl konuya gelemeden: çok sinir bozucu bir insan özelliği. "Ve ben de sizin halkına karşı gerçek bir sevgi geliştirdim. Bu arada cüce mutfağını sevdiğimi söylerken yalan söylemiyorum. Ama zar zor deneme fırsatı bulduğum bazı cüce yemekleri var."

Arkasında bir şeyle oynuyordu ama her ne ise onu göremiyordu.

Garip olan şey onun saldırgan görünmemesiydi.

Belki gergindi ama daha da önemlisi heyecanlıydı.

Ses tonu tehdit edici değil neredeyse dostçaydı.

Snagg onun davranışını gerçekten hiç anlayamıyordu.

"Cüce adamlar kaslı kolları ve vücutlarıyla güçlü ve kudretlidirler," diye devam etti, sesi aniden garip bir şekilde kısıktı. Bunun ne alakası var...? ve sonra onun arkasında ne yaptığını anlayınca düşüncesi orada durdu.

Elbisesinin arka kısmındaki bağcıkları çözüyordu.

Bir kolunu ondan kaydırdı, sonra diğerini, ayaklarının dibinde buluşacak şekilde kalçalarının üzerine doğru çekti.

Altına, derin yakalı, neredeyse kolsuz, uzun beyaz bir gömlek giymişti.

"Şimdi anladın mı neden burada olduğunu?" diye sordu, "ve tabii ki neden bu aldatmacaya ihtiyacım vardı? O olmasaydı bu şansı asla bulamazdım."

O zaman kapıya doğru koşabilirdi ama onu yoldan çekmek zorunda kalacaktı.

Artık pek de düzgün olmayan kıyafetler giydiği için ona dokunmak onda yanlış bir izlenim bırakabilirdi.

Üstelik yapması gereken tek şey reddetmekti.

Gerçekten bu kadar basitti... değil mi?

"Ama... sen bir insansın" dedi, onun küstah yaklaşımı karşısında dehşete düşmüştü. "Hayır... kesinlikle değil... eğer halkımı tanıyorsan, bunu bilmelisin! Sadece..." diye kekeledi, başka ne söyleyeceğini düşünemiyordu.

"Beni hiç çekici bulmuyor musun?" dedi şakacı bir tavırla, ayakkabılarını tekmeleyip kapıdan uzaklaşırken, ince bel kısmı kıvrımlarına yapışıyor ve göğüs dekoltesini göstermek için hafifçe öne doğru eğiliyordu.

"Yapma... yani sen..." diye itiraz etmeye çalıştı; kadının şeklinin yanlış olduğunu, boyunun yanlış olduğunu, çenesinin fazla yuvarlak olduğunu, belinin fazla ince olduğunu ve uzuvlarının fazla olduğunu anlatmaya çalıştı. çok uzun.

Ama ona bakarken, haince, midesinde bir kıpırdanma hissetmeye başladı.

Vücudunun kıvrımları farklıydı ama bir şekilde hoştu.

Daha önce bir insan kadına karşı hiç böyle hissetmemişti ve şimdi neden böyle hissettiğini hayal edemiyordu.

Terliyordu ve hançeri tereddütlü elinden kaydı ve tekrar kınına girdi.

Ona ne oluyordu?

Olduğu yerden kıpırdamamıştı ve ona doğru ilerlemeye devam etti.

Artık onun etrafından koşabilirdi ama bir nedenden dolayı hareket edemeyecekmiş gibi hissediyordu.

Kelimenin tam anlamıyla felç değildi ama zihni çalkalanıyordu, düzgün düşünemiyordu.

Birkaç adım önünde durarak ona yetişti.

Görüş seviyesi kadının göbeğinin, yani bir insan kadınının ince, uzun karnının hemen üzerindeydi.

Gözlerini ileriye sabitledi, ellerini sıkıp açarak nasıl davranacağına karar vermeye çalıştı.

Diz çöktü, yüzü artık aşağı yukarı onunkiyle aynı hizadaydı, mavi gözleri duyguyla irileşmişti, dudakları hafifçe aralanmıştı.

O dekolteli kombine bakmaktan kaçındı ve kasıklarında bunu yapmak istemesine neden olan duyguya lanet etti.

"Tamamen samimi olduğunuzu düşünmüyorum" dedi, "ve bugün dürüstlüğün poster çocuğu olduğumdan da söz etmiyorum, kabul ediyorum. Ama şimdi, bakalım..."

İleriye uzanıp kolsuz, dolgulu deri tuniğinin üst kısmındaki düğüme uzanıyor, ustaca çözüyor ve ardından düğümü arkasındaki taş zemine düşene kadar kollarının üzerinden geriye doğru itiyor.

Ellerini tekrar sıktı, onu itmek istiyordu ama aynı zamanda bunu da istemiyordu.

Bunun doğru olmadığını ve onu her an durdurabileceğini biliyordu ama bunu yapamıyor gibi görünüyordu.

Şimdi gömleğini kaldırıyordu, göğsünün üzerine kaldırıyordu ama o direnmesi gerektiğini bildiği halde direnmedi.

Kadın onu kafasına geçirip fırlattı ve o da, sanki bu ani hareket bir anlığına kafasını dağıtmış gibi istemsiz bir şekilde geri adım attı.

Yüzünün kenarından bir ter damlası düşerken gözlerini kırpıştırdı.

Tütsü kokusu... evet kesinlikle öyle olmalıydı, diye aniden fark etti!

"Afrodizyak mı?" diye çıkıştı ve mangalı işaret etti.

"Ah, evet... Görüyorsun ya, biraz cesaretlendirilmeye ihtiyacın olabileceğini düşündüm. O meşhur cüce kısıtlamalarından kurtulmaya. Ama bu sana istemediğin şeyi yaptıramaz. Eğer gerçekten benim tarafımdan reddedildiğini hissediyorsan, sıcak hissedeceksin ve olabilecek tek şey bu olacak."

Gözleri artık belden yukarısı çıplak olan vücudunda gezindi.

"Aslında kaslısın," dedi yine boğuk bir sesle, "çok erkeksi görünüyorsun, Snagg."

Neredeyse ihtiyatlı bir şekilde uzanıp göğsünü okşadı, parmaklarını saçlarının ve göğüs kaslarının sert kaslarının arasında gezdirdi.

Ereksiyonunun arttığını, artık neredeyse tanganın sert malzemesine baskı yaptığını hissetti.

Direnmek zorundaydı, direnmek zorundaydı...

Gözlerini kapattı ve onun zar zor giyinmiş vücudunun görüntüsünü aklından uzaklaştırdı.

Elbette, eğer dokunuşuna cevap vermezse, o zaman gider miydi?

Bir kumaş hışırtısı duyuldu ama kadın onu bir daha okşamadı ve o da gözlerini sıkıca kapalı tuttu.

"Bakmak istemiyor musun?" dedi ve kendisine rağmen baktı.

Kadın iç çamaşırından çıkmış, onun önünde diz çökmüştü ve artık herhangi bir cüce kadının giyebileceğinden çok daha kısa, ipek bir iç çamaşırından başka bir şey giymiyordu.

Beli inceydi, vücudu pürüzsüz ve tüysüzdü, bir cüceninkinden daha kum saati şeklindeydi.

Göğüsleri artık gevşekçe sarkıyordu, pembe meme uçları tamamen şişmişti.

Gözleri kadının omuzlarındaki ve köprücük kemiğindeki bir avuç soluk çillere odaklandı, sonra bakışlarını yukarıya, uzağa, yüzüne doğru zorladı.

"Sanırım benden hoşlanıyorsun, değil mi? Ve bu sadece parfüm olamaz. Bu şekilde çalışmıyor."

Göğüslerini avuçladı, ellerini üzerlerinde gezdirdi, şişmiş meme uçlarını ovuşturdu ve hain gözleri her hareketi izledi.

Ereksiyonu artık çok büyüktü, kontrol edilemezdi.

Elbette bunun yakında sona ermesi gerekecek mi?

"Ben değilim..." diye açıklamaya başladı, durumun anlamsızlığını onun görmesini sağlamaya çalışıyordu. "Sen insansın, ben de bir cüceyim. Yapamam!"

"Hımm..." dedi, "bana öyle gelmiyor."

Aniden aşağıya uzandı ve kasıklarını yakaladı, şişmiş ereksiyonunu yumuşak deriden tutarak taşaklarını hafifçe sıktı.

Kendini tutamayarak istemsizce hırladı.

Penisi patlamak istiyormuş gibi hissetti.

"Hayır, ben de öyle düşünmüştüm" dedi basitçe.

Artık kelimeler onun ötesindeydi, söyleyecek bir şey bulamıyordu.

Kişisel utancı ne olursa olsun, bedeninin herhangi bir cüce kadına vereceği tepkiyi verdiğini inkar etmesi mümkün değildi.

Belki, diye düşündü, afrodizyak parfümünün gücü hakkında yalan söylemişti, belki de normal bir insanın sahip olamayacağı düşüncelere ilham kaynağı olmuştu.

Belki kendi ırkında bile insanlardan farklı çalışıyordu.

Ancak içten içe bunun doğru olmadığını biliyordu.

Kadın kemerini çözüp hançerle birlikte yere düşürürken adam hareketsiz, ayakta ve kaskatı kaldı.

Parmakları tangasındaki dantellere uzandı ve sonunda hareket ederek bileğini yakaladı.

"Hayır..." demeyi başardı, neredeyse hırıltılı bir sesle.

"Bunu kastettiğini sanmıyorum" dedi, "ve artık pes edemeyecek kadar ileri geldim."

Sol elini yavaşça kaldırıp diğer elini tuttuğu yere doğru hareket ettirdi.

Elini yavaşça kayışlardan çıkardı ve bu sefer adam hareketsiz kaldı; gözleri sanki büyülenmiş gibi onun eline bakıyordu ama onu durdurmak için hiçbir şey yapmıyordu.

Biraz beceriksizce kordonu çözdü ve sağ eli zaten terli olan ve hızla zayıflayan tutuşundan kurtuldu.

Külotunun bir yanından tuttu ve tek hareketle aşağı çekti ve iç çamaşırını dizlerine kadar çekti.

Aleti nihayet özgürce fırladı ve kasık kıllarının kalın kütlesinin arasından çıktı.

İlk başta hiçbir şey söylemedi, gözleri ödüle odaklanmıştı.

Ürperdi, suçluluk ve utanç içinde yükseliyordu ama hissettiği güçlü şehveti kontrol edemiyordu.

Uzandı ve bir eliyle sikini alırken, taşakları boyunca uca doğru kayarken, başparmağını sünnet derisinin üzerinde gezdirirken sıktığı dişlerinin arasından hırladı.

"Tamamen insan boyutunda" diye fısıldadı, "nasıl görüneceğini merak ediyordum."

Onu serbest bıraktı ve ayağa kalktı, gözlerini yeniden göğüs tabanı hizasına getirdi.

Bu kez kendisine rağmen başını kaldırdı ve göğüslerinin başının hemen üzerinde yükselip alçalmasını izledi.

Başka bir hızlı hareketle kalan son giysisini de çıkardı ve sonra ondan uzaklaşarak yatağa doğru yürüdü.

Ellerinin ve dizlerinin üzerinde öne doğru yaslanarak, göğüsleri sarkarak ve kalçaları havaya kalkarak üzerine tırmandı.

Cüce yatak elbette onun için çok kısaydı ve bu pozisyonda bile ayakları alçak süpürgeliğin üzerine yayılmıştı.

Poposu ona dönüktü ve uzun bacaklarını açarak pembe, şişmiş vulvasını ortaya çıkardı.

Aşağıda neredeyse tüysüzdü ve lambanın ışığında onun ıslaklığını görebiliyordu.

Zorlukla nefes alıyordu ve bunu yaparken göğüsleri yukarı aşağı hareket ediyordu.

"Kapı kapalı değil" dedi ona, gerçi böyle olabileceği hiç aklına gelmemişti. "Şimdi gidebilirsin ve bunu kimse bilmeyecek. Ya da benim en çılgın hayalimi gerçekleştirebilirsin. Bu," diye devam etti hafif bir pişmanlıkla, "artık senin seçimin."

Kapıya baktı ve kıyafetler etrafına toplanmıştı.

Elbiselerini tekrar içeri atıp uzaklaşmak çok kolay olurdu.

Ama o anda bunu yapmak istemediğini biliyordu.

Kısa, sözsüz bir çığlık attı ve çizmelerini çıkarmak için eğildi, son kıyafetlerini de yanına aldı.

Çıplak halde odanın karşı tarafına koştu ve yatağın arkasına atladı.

Ona nasıl böyle davranmaya cesaret edebilir? Şimdi ona gösterecektim!

Yatağın üzerinde durdu ve sırtına, vücudunun bir kısmı boyunca uzanan ve sonra da yan tarafa sarkan at kuyruğuna baktı.

Başını ona doğru çevirdi, sanki duygularını değerlendiriyormuş gibi önce kendi yüzüne, sonra da şimdi kalçasının hemen üzerinde yükselen şişkin sikine baktı.

"Evet..." dedi, kelime neredeyse boğazına düğümlendi.

Yumuşak insan derisini hissederek iki eliyle belini tuttu ve onu kalçalarının hizasına kaldırdı.

Bunu yaparken dizleri kendini yataktan kurtarmak için kalktı ve bu fırsattan yararlanarak ayaklarını yatağın üzerinde kaydırdı ve destek için ayak parmaklarını ahşap tahtaya bastırdı.

"Bir cüce savaşçıyla alay etme," dedi ona kesin bir dille, "yoksa onun mızrağını hissedeceksin."

Adam onun ıslak amına baktı, zonklayan siki ancak bir santim ötedeydi ve sonra aniden onu kendine doğru çekti, aynı hareketle kalçalarını öne doğru iterek amının derinliklerine gömüldü.

Çığlık attı, saf zevkten yüksek bir çığlık.

Kendi uyarılması yoğundu, onun yumuşak kedisinin horozunun etrafındaki hissi hayal ettiğinden çok daha iyiydi.

Kendini dışarı çekti, sonra tekrar tekrar ona doğru yöneldi, kalçalarını sıkıca kavradı, parmaklarını yuvarlak kalçalarına sapladı.

Adriana, gözleri tutkuyla iri iri açılmış, alnından ter damlıyor, uzun bir inilti çıkardı.

İlk başta homurtuları sözsüzdü, neredeyse saldırgan bir tenordu, ama sonra sesini yeniden buldu.

"Sen... hissedeceksin... bunun... ne anlama geldiğini..." nefesi kesildi, şişmiş aletini tekrar tekrar onun sıkı sıcaklığına soktu, "bir cüceyle birlikte olmak... ve... bir insan... yapamayacak... seni... bu şekilde... yine tatmin ettim."

Zevk inlemeleri artık çok yüksek ve uzun olduğundan, onu duyup duymadığından bile emin değildi.

Kaslı kolları ve kalçaları uyum içinde onu kazığa oturtmak için çalışarak ona vurmaya devam etti.

Göğüsleri titriyordu, tüm vücudu onun hareketinin gücüyle sarsılıyordu.

Bacakları titriyordu ama hala tutunuyordu, adamın aleti ıslak amının içine girip çıkarken yatağa sertçe bastırıyordu.

Kendini serbest kalmanın eşiğinde hissetti ve pompalama hızını daha da arttırarak Adriana'nın açık ağzından daha da fazla coşkulu inlemeler çıkmasına neden oldu.

Sonunda, eski bir cüce savaş çığlığı attı ve son bir itişle, kendisinin zayıf, insan vajinasına sıcak cüce boşalmasını fışkırttığını hissetti.

Kendi ani orgazmının spazmlarıyla sarsılırken kedisi sarsıldı ve onu kavradı, ta ki en sonunda ikisi de bitkin, terli bir vücut yığını halinde yere yığılana kadar.

HİKAYE DEVAM EDECEK:
BARBAR CONAN
ÜÇÜNCÜ BÖLÜM